赵晓春 著

半日閑齋舊體詩詞集

癸卯夜月 張□

山西出版传媒集团

山西人民出版社

图书在版编目（CIP）数据

半日闲斋旧体诗词集 / 赵晓春著. — 太原：山西
人民出版社，2019.2（2023.11重印）
ISBN 978-7-203-10742-2

Ⅰ.①半… Ⅱ.①赵… Ⅲ.①古体诗—诗集—
中国—当代 Ⅳ.①I227.7

中国国家版本馆CIP数据核字（2019）第 020906 号

半日闲斋旧体诗词集

著　　者：	赵晓春
责任编辑：	吴春华
复　　审：	吕绘元
终　　审：	秦继华
装帧设计：	赵　冬

出 版 者：	山西出版传媒集团·山西人民出版社
地　　址：	太原市建设南路21号
邮　　编：	030012
发行营销：	0351-4922220　4955996　4956039　4922127（传真）
天猫官网：	https://sxrmcbs.tmall.com　电话：0351-4922159
E－mail：	sxskcb@163.com　发行部
	sxskcb@126.com　总编室
网　　址：	www.sxskcb.com

经 销 者：	山西出版传媒集团·山西人民出版社
承 印 厂：	山西基因包装印刷科技股份有限公司

开　　本：	889mm×1194mm　1/32
印　　张：	6.25
字　　数：	180千字
版　　次：	2019年2月　第1版
印　　次：	2023年11月　第2次印刷
书　　号：	ISBN 978-7-203-10742-2
定　　价：	50.00元

如有印装质量问题请与本社联系调换

为赵晓春诗集序

接到赵晓春的诗稿，不禁一阵欣喜。赵晓春是位资深的体育人，又在省级文化传播领域担负着管理工作。早就知道他颇具文采，也读过他写的格律诗词。他出版的诗集，将给人们展示怎样的风采呢？

我是在一次工作考察活动中，结识赵晓春的。那是2018年7月参观山西博物院时，时任山西省体育局局长的赵晓春竟然亲自担任解说员。出人意料的是，博物院件件文物的来龙去脉、古老三晋的桩桩史实，晓春皆烂熟于心。讲解中，晓春左组右联，信手拈来，其历史、人文知识底蕴之丰满，给人以深刻印象。

赵晓春是山西阳高人氏。他原习工科，毕业后由于机缘，却在体育领域工作了三十年，曾任山西省体育局党组书记、局长之职。他广览群书，知识面宽博，亦时而舞文

弄墨于博客，直抒胸臆，自得其乐，曾用阿艾、孤鸣等笔名发表诗文。近年来，他出任山西省广播电视局党组书记、局长，其视野更加开阔，思考更加多维。

赵晓春的诗集，让人深刻印象的，首先是涉猎广泛，内容丰满，人文、历史、体育、乡愁、友情，百业多见笔端。这些作品的创作，来自丰富的人生阅历，来自细致入微的社会观察。体育题材的诗词在赵晓春的创作中，理所应当地占有较大的比重。在体育界工作三十载，他的体育诗词情深意笃，记录着山西省体育发展的珍贵足迹，也留下了人生经历的喜怒深情。山西省历史悠久，古迹留存随处可见。对此，赵晓春自然多有记述，中国现存最早的古典皇家宗祠园林建筑群晋祠、中国最大的佛教古建筑群五台山、中国古代规模宏大的军事防御工程，被誉为"中华第一关"的雁门关、明代大移民的实址洪洞大槐树等，都是赵晓春笔下的生动题材。山西军民在中华民族抗日战争和解放战争中，作出了巨大贡献。赵晓春用他的诗词讴歌了三晋人民的丰功伟绩。他的诗词集中，有奏响了中国共产党领导武装抵抗外来侵略的战斗序曲《送征衣·红军东征》，有记述中国共产党领导的八路军对日作战第一场重大胜利的《西平乐·平型关大捷》。当然，人生阅历、乡梓亲情，也都寄存于赵晓春的诗词集之中。

古风古韵与现代语汇的水乳交融是赵晓春诗词的另一个鲜明特色。赵晓春严格地遵从诗词格律的规范，同时又将现代社会的生动语汇自然地融入其中。试阅其书稿中随手拈来两首诗词，可见一斑。一首为《七律·为省击剑女队取得历史最好成绩而歌》："晋阳巾帼舞清霜，豪气金陵黯刃芒。女子胸怀鸿鹄志，老夫聊发少年狂。铮铮宝剑磨奇志，历历经年洒泪行。战罢红妆无暇理，笑谈十运点兵场。"这首诗中，"晋阳巾帼""豪气金陵"都是饱含诗意的现代词汇；"铮铮宝剑磨奇志，历历经年洒泪行"，再现了击剑运动员刻苦训练的感人情景；"战罢红妆无暇理，笑谈十运点兵场"，则生动地刻画了女运动员的特有风韵。这些语汇通俗易懂，但又严格遵循着格律规范，蕴含着浓浓的诗意。另一首《临江仙夜梦忽醒有感而作》的下片："半生走马兼弄墨，何时归卧山陵？一腔诗绪寄伯牙，晋阳春已老，归路忘阴晴"，更是何等鲜活灵动，而又寓意深远。赏读中，一股清新之气扑面而来，颇能引人同感。

作为中华诗词学会体育诗词工作委员会浣花诗社的一员，赵晓春诗集的付梓是体育诗词界的一桩喜事，我诚挚地将这本诗集推荐给体育界、文化界、诗词界的朋友们；

 旧体诗词集

更期盼着在不久的将来，能继续读到赵晓春更多更好的新作。

（序文作者系全国政协原常委，北京市人大常委会原副主任，中国体育科学学会原副理事长，北京体育大学原副校长；现任中华诗词学会顾问，体育诗词工委会主任。）

与晓春书

抬头时乍见弯月，细如古眉，却耀亮周际，于是说与你听。

岳飞作《小重山》，有"人悄悄，帘外月胧明"句。树间黑影疾动，让人想起乌鹊。此时月姿，若横卧，就是平城一带的远山。日前行你故里，浓云堆雪，几乎卷地而来。山便如一战成名的将士，卧着绿绣斑斓的枯骨。遂念及你的诗句："黛黵渐升茅店月，东风送，雁还乡。"

《小重山》里，岳飞感慨："白首为功名，旧山松竹老，阻归程。"而你也曾述以"莫等月华逝，散发弄扁舟"的意绪。

作为诗人，我身边却罕有擅作并乐作旧体诗词者，你是其一。闲时翻过你的《半日闲斋旧体诗存》，忍不住遥思一番。旧体诗，两种最美好事物的结合，就像金凤玉露，

那便是诗与古典。诗，世间所有秘密的心脏，就是说，一切秘密的原动力来自诗。诗囊括了文字、想象、梦幻、情绪和思索。古典，简而言之即是情怀。情是时间属性，怀为空间实质。幼学笠翁对韵，所谓"天对地，雨对风，大陆对长空，来鸿对去雁，宿鸟对鸣虫"等，不明者以为打下了诗及词的写作基础，懂得的人体验出这是培育情怀。天与地的玄冥辽广，大陆长空里的万千气象，足以激起人的敬畏之心、探索之心和向往之心。来鸿去雁中的时光变迁，命运与归宿，执着与守诺；宿鸟鸣虫中的昼夜迭替、生死轮回、快乐祥和，此在与彼在，足以唤醒人的谦卑之心、仁慈之心和忘忧之心。两两相对暗示着阴阳。也告诫人类的狂妄之心，渺小与短暂、孤独与飘零，在万物的映照下，恍若尘沙。两两相对又显示着力的平衡、中的精神。两两相对也是一种呼唤和应答，正如写下美好诗词的赵晓春和具有共同情怀的读者唐晋。

你在体育界多年，勋绩频获。从你诗词所涉诸多赛事来看，又有着一众文人语境里稀见的风景。因为此中复杂微妙的心绪，这些诗词不再是事件本身从属，而变得蕴藉沉郁，成为认知你内心的利器。人生自有况味，所谓超然物外，必定先历练物的有情。言至此，不若继以杯盏。

古人不见今时月，今月曾经照古人。不少学人以为，唐宋后，诗词堕矣。亿万年前，沧海桑田，横亘于旷野的高山之外，尽是茫茫郊原。诗词如斯，千帆过尽，仍有渔舟唱晚、寒江独钓。谁又会以情怀竞高低、择短长呢？

仓颉造字，神鬼恸哭，降粟如雨。人类有了文字，便洞察了宇宙的秘密。文字使人超越动物属性，具备了升上神格的可能。诗词以其情怀让我们不断接近最高处。因此，或许我们无法摆脱食粟者的命运，永远不能成为神，但至少获得了灵魂极度的自由。

"心外无物是光明"，好诗。

唐晋

（唐晋，作家、诗人、画家，1966 年生，著有长篇小说《夏天的禁忌》《宋词的覆灭》《玄奘》《鲛人》《鲛典》《唐朝》，中篇小说集《天文学者的爱情》，短篇小说集《聊斋时代》《景耀》，诗集《隔绝与持续》《月壤》《金樽》《侏儒纪》，散文集《飞鸟时代》，文化专著《红门巨宅——王家大院》《二十四院的风度》等，曾荣获 2000 年度山西新世纪文学奖。）

目录

 诗

七律 · 赠友人 ································· 003

七律 · 为省击剑女队取得历史最好成绩而歌 ··········· 004

七律 · 下河东 ································· 005

古风 · 廉政歌 ································· 007

七律 · 端午有感 ······························ 008

七律二首 · 赴新疆观摩女子摔跤比赛有感 ·········· 009

七律 · 岁末过易水有感 ························ 011

七律 · 贺古典摔跤预赛成功举办 ················· 012

七律 · 赴沈阳观看女柔预赛有感 ················· 013

七律 · 过雁门关有感 ·························· 014

七律三首 · 井冈山 ···························· 015

七律三首 · 贺大舅大舅母金婚 ·················· 018

五律 · 仲秋 ································· 020

七律 · 马术比赛 ····························· 021

七律·春节前偶拾 ⋯⋯⋯⋯⋯⋯⋯⋯⋯⋯⋯⋯ 022

五律·春节探望运动队路上 ⋯⋯⋯⋯⋯⋯⋯ 023

七绝·车行有感 ⋯⋯⋯⋯⋯⋯⋯⋯⋯⋯⋯⋯⋯ 024

七绝·吃面 ⋯⋯⋯⋯⋯⋯⋯⋯⋯⋯⋯⋯⋯⋯⋯ 025

七绝·偶拾 ⋯⋯⋯⋯⋯⋯⋯⋯⋯⋯⋯⋯⋯⋯⋯ 026

七绝·题朋友摄影照片 ⋯⋯⋯⋯⋯⋯⋯⋯⋯⋯ 027

七绝·夜行遇雨 ⋯⋯⋯⋯⋯⋯⋯⋯⋯⋯⋯⋯⋯ 028

七绝·乘北京地铁读书 ⋯⋯⋯⋯⋯⋯⋯⋯⋯⋯ 029

七律·备战全运会抒怀 ⋯⋯⋯⋯⋯⋯⋯⋯⋯⋯ 030

古风·题黔灵山猴王 ⋯⋯⋯⋯⋯⋯⋯⋯⋯⋯⋯ 031

七律·贺郭沛栋履新 ⋯⋯⋯⋯⋯⋯⋯⋯⋯⋯⋯ 032

七律·中秋有感 ⋯⋯⋯⋯⋯⋯⋯⋯⋯⋯⋯⋯⋯ 033

五律·把酒抒怀 ⋯⋯⋯⋯⋯⋯⋯⋯⋯⋯⋯⋯⋯ 034

五律·白发吟 ⋯⋯⋯⋯⋯⋯⋯⋯⋯⋯⋯⋯⋯⋯ 035

五律·迎新年登鹳雀楼随感 ⋯⋯⋯⋯⋯⋯⋯ 036

五律·同学情 ⋯⋯⋯⋯⋯⋯⋯⋯⋯⋯⋯⋯⋯⋯ 037

七律二首·春节偶拾 ⋯⋯⋯⋯⋯⋯⋯⋯⋯⋯⋯ 038

七律·读书乐 ⋯⋯⋯⋯⋯⋯⋯⋯⋯⋯⋯⋯⋯⋯ 039

五律·壬寅冬至有感 ⋯⋯⋯⋯⋯⋯⋯⋯⋯⋯⋯ 040

七律·中秋赋 ⋯⋯⋯⋯⋯⋯⋯⋯⋯⋯⋯⋯⋯⋯ 041

七律 · 党校学习过半，受时疫影响推迟开学，有感之 ⋯⋯ 042

七律 · 党校学习 ⋯⋯ 043

古风 · 并州十二时辰 ⋯⋯ 044

七绝 · 疫情五章 ⋯⋯ 054

古风 · 减肥歌 ⋯⋯ 056

 词

水调歌头 · 明月夜 ⋯⋯ 062

临江仙 · 夜梦忽醒有感而作 ⋯⋯ 063

永遇乐 · 仲春咏志 ⋯⋯ 064

西江月 · 静夜值班有感 ⋯⋯ 065

清平乐 · 搬迁随感 ⋯⋯ 066

沁园春 · 南京行 ⋯⋯ 067

江城子 · 除夕日暮抒怀 ⋯⋯ 068

水调歌头 · 元宵节 ⋯⋯ 069

诉衷情令 · 晨起登太山 ⋯⋯ 070

水调歌头 · 二舅二舅母金婚 ⋯⋯ 071

鹊桥仙 · 贺智伟大婚 ⋯⋯ 072

满江红 · 春节赴南方慰问运动员感怀 ⋯⋯ 073

渔家傲·春节抒怀 ……………………………… 074

水调歌头·明月夜思绪 ……………………… 075

水调歌头·庚子春节 ………………………… 076

喝火令·成都大运会开幕式 ………………… 077

沁园春·杭州亚运会遐想 …………………… 078

风入松·贺中国大学生运动员曹茂园获成都大运会首金 …… 080

鹧鸪天·无题 ………………………………… 082

踏莎行·初冬大雪 …………………………… 084

风入松·夜阑听雨 …………………………… 086

永遇乐·贺苏翊鸣夺取奥运冠军 …………… 088

蝶恋花·记梦 ………………………………… 090

永遇乐·壬寅国庆有感 ……………………… 092

满庭芳·重阳节有感 ………………………… 094

定风波·尧城飞行大会 ……………………… 095

浣溪沙·国庆归乡有感 ……………………… 096

浣溪沙·夜来书房著文偶感步八八韵 ……… 097

菩萨蛮·归乡偶拾步八八韵 ………………… 098

菩萨蛮·故乡急雨步八八韵 ………………… 099

菩萨蛮·祭母步八八韵 ……………………… 100

菩萨蛮·读书步八八韵 ……………………… 101

菩萨蛮·抒怀步八八韵 ………………………… 102

菩萨蛮·山中访友步八八韵 ………………… 103

菩萨蛮·友人来访正值暴雨步八八韵 ………… 104

菩萨蛮·病中感怀步八八韵 ………………… 105

菩萨蛮·平顺游步八八韵 …………………… 106

菩萨蛮·进京访贤步八八韵 ………………… 107

忆江南·龙泉寺访友 ………………………… 108

鹧鸪天·偶忆十运会 ………………………… 109

鹧鸪天·回忆十一运会 ……………………… 110

踏莎行·援疆行 ……………………………… 111

卜算子·冬日登太山 ………………………… 112

卜算子·贺苏翊鸣获世界冠军 ……………… 113

满江红·赴临汾调研有感 …………………… 114

浣溪沙·冬至 ………………………………… 116

念奴娇·阳高长城乡畅想 …………………… 117

菩萨蛮·腊八 ………………………………… 119

鹧鸪天·无题 ………………………………… 120

满江红·守岁 ………………………………… 121

鹧鸪天·柿子熟步八八韵 …………………… 122

鹧鸪天·贺梅西七获金球奖 ………………… 123

踏莎行·崛峒红叶步八八韵 ……………………………… 124

鹧鸪天·抒怀步八八韵 …………………………………… 125

菩萨蛮·暮游大同土林步八八韵 ……………………… 126

鹧鸪天·同学聚会步八八韵 …………………………… 127

踏莎行·题帅民丹国画《漓江烟云瀑布图》 ………… 128

定风波·自况 ……………………………………………… 129

浪淘如令·访旧不遇 …………………………………… 130

浪淘沙令·读书有感 …………………………………… 131

踏莎行·输液 ……………………………………………… 132

临江仙·暮春之际卧病人民医院隔窗看景有感 …… 133

江城子·偶患小病有感 ………………………………… 134

渔家傲·武穆叹 …………………………………………… 135

阮郎归·长亭春暮遽归人 ……………………………… 137

八声甘州·寄友 …………………………………………… 138

菩萨蛮·题友人画作 …………………………………… 140

忆少年·母亲逝世三周年 ……………………………… 141

相见欢·友人新居 ………………………………………… 142

满江红·辛丑岁末抒怀 ………………………………… 143

点绛唇·暴雨倾盆 ………………………………………… 144

虞美人·思归 ……………………………………………… 145

虞美人·为熊教授画作 ⋯⋯⋯⋯⋯⋯⋯⋯⋯ 146

虞美人·并州怀古 ⋯⋯⋯⋯⋯⋯⋯⋯⋯ 147

临江仙·无题 ⋯⋯⋯⋯⋯⋯⋯⋯⋯⋯⋯ 148

菩萨蛮·假日闭户读书，隔窗所见 ⋯⋯⋯⋯ 149

蝶恋花·疫情防控，小区封闭式管理，无事，临窗所见⋯⋯ 150

破阵子·寄远 ⋯⋯⋯⋯⋯⋯⋯⋯⋯⋯⋯ 151

采桑子·游晋阳湖遇雨 ⋯⋯⋯⋯⋯⋯⋯⋯ 152

浪淘沙令·晨起远望 ⋯⋯⋯⋯⋯⋯⋯⋯⋯ 153

贺新郎·读《苏东坡新传》有感 ⋯⋯⋯⋯⋯ 154

水调歌头·并州中秋 ⋯⋯⋯⋯⋯⋯⋯⋯⋯ 155

满江红·忆旧 ⋯⋯⋯⋯⋯⋯⋯⋯⋯⋯⋯ 156

一剪梅·读《王阳明大传》有感 ⋯⋯⋯⋯⋯ 157

临江仙·小雪花的自白（应制） ⋯⋯⋯⋯⋯ 159

水龙吟·2023年元旦随感 ⋯⋯⋯⋯⋯⋯⋯ 160

临江仙·冬至 ⋯⋯⋯⋯⋯⋯⋯⋯⋯⋯⋯ 161

点绛唇·在党校学习，逢秋分节有感 ⋯⋯⋯ 162

浪淘沙令·读唐李华《吊古战场》偶感 ⋯⋯⋯ 163

满江红·壬寅岁末感怀 ⋯⋯⋯⋯⋯⋯⋯⋯ 164

鹧鸪天·壬寅感怀二章 ⋯⋯⋯⋯⋯⋯⋯⋯ 165

桂枝香·元旦日驱车郊野所感 ⋯⋯⋯⋯⋯⋯ 166

临江仙·除夕之夜有感 ……………………………… 167

诉衷情·闲思 …………………………………………… 169

临江仙·夜醒从心而作 ……………………………… 170

鹊桥仙·贺邱正、向群爱子同展、爱媳力源大婚 ………… 171

虞美人·安泽纪行 …………………………………… 172

木兰花令·和纳兰词《人生若只初相见》 …………… 173

临江仙·浣花诗社成立十周年有感 ………………… 174

踏莎行·再吟浣花诗社成立十周年 ………………… 175

诉衷情令·贺赵帅郑姝音大婚 ……………………… 176

青玉案·咏离石 ……………………………………… 177

青玉案·咏临县 ……………………………………… 178

青玉案·夜宿方山有感 ……………………………… 179

跋 ……………………………………………………… 180

七律 · 赠友人

白兰鸽影翔汾岸，至此风翎倍觉滨。

卓荦孤帆非夙念，柔情绰态自奇珍。

彷徨学业求三立，凄楚论坛能几春？

两载又当流水去，不辞再做小蔷云。

注：

1. 汾岸：太原理工大学旧校区在汾河西岸。

2. 柔情绰态：出自三国曹植《洛神赋》，形容女子仪态美好。

3. 三立：立德立功立言也。

4. 论坛：我们在校时成立的学生社团，名曰"周末论坛"。

5. 小蔷云：指王蒙小说《青春万岁》中的女主人公杨蔷云，是当时许多女大学生的偶像。

七律·为省击剑女队取得历史最好成绩而歌

晋阳巾帼舞清霜，豪气金陵黯刃芒。

女子胸怀鸿鹄志，老夫聊发少年狂。

铮铮宝剑磨奇志，历历经年洒泪行。

战罢红妆无暇理，笑谈十运点兵场。

注：

1. 清霜：古时名剑。

2. 豪气金陵黯刃芒：江苏女子击剑队是全国实力最强的队伍，但在第十届全会运比赛中与山西队交锋时黯然失色。

3. 老夫：时任山西队主教练郭毅能，年近七十。

4. 十运：第十届全国运动会（简称全运会）。

七律·下河东

2006乙酉春节后，携几位同仁共赴省内各市检查后备人才基地，最后一站是运城永济。永济本是人文荟萃之地，此前我虽多次到访，但从未一游。此番忙里偷闲，去了普救寺，看了黄河铁牛，登了鹳雀楼，心中感慨，诗以记之。

暮冬雾薄柳阴蒙，良友轻车永济逢。

普救进堂情更怵，铁牛定水力何穷。

危楼百丈鸣寒鹳，河水千年祭焕公。

心中得存千里目，人生无处不登穹。

注：

1. 永济：河东地区（今运城市）一地名。普救寺、黄河铁牛和鹳雀楼都在此地。

2. 普救：普救寺。古元剧《西厢记》故事以此寺为背景。

3. 铁牛：黄河铁牛。古代铆定黄河浮桥的铁铸之牛，每只皆重百吨以上，后废弃沉入河沙，1949年后出土为文物。

4. 危楼：鹳雀楼，系20世纪90年代重建。

5. 河水：黄河古名河水，河其名也，水即今河流也，非谓河中之水。

6. 焕公：王之涣之尊称。

古风 · 廉政歌

秋风萧瑟尽，叶落蝉声残。

野旷雁阵去，寥落又一年。

人生不满百，弹指一挥间。

或为利禄忙，须臾不得闲。

或为声名累，终日扮欢颜。

或为儿女奴，到老谁可怜?

或为官位虑，寝食都不安。

名利身外物，浮华终虚玄。

要得大自在，心静最为先。

君子坦荡荡，气定神亦闲。

上善莫如水，大道本自然。

谈笑过红尘，心中一片天。

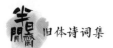
七律·端午有感

孩提尝读离骚赋，慷慨悲歌感怆伤。

倏忽白云成黛犬，曾经故国复他乡。

远看细雨抚新绿，近闻欢语品粳香。

街市游园花海艳，谁人记得汨罗觞。

七律二首 · 赴新疆观摩女子摔跤比赛有感

时近中秋，国家女子摔跤冠军赛在乌鲁木齐举行。驱车三千公里赶来观看，行旅匆匆，忽有所感，作此诗聊以自慰。

其一　仲秋

瀚海迢迢入苍凉，西行大漠效玄奘。

平沙寂寂风声劲，红柳萧萧戈壁荒。

一念无非千骑梦，十年宁为百夫郎。

中秋时近天光暮，怜取蟾宫照故乡。

注：

1. 千骑：苏东坡《江城子》一词中，有"锦帽貂裘，千骑卷平冈"之句，余甚向往之，故有"千骑梦"。

2. 百夫郎：即百夫长，管理百人左右的古代军官。本人任训练单位负责人，带领运动员夺金牌，颇似古代百夫长。

3. 蟾宫：月亮，又寓"蟾宫折桂"之意，预示运动员夺取金牌。

其二　女摔比赛

轮台八月朔风侵，飒爽跤花四海临。

戈壁平如跤垫展，胡杨遒似将旗森。

木兰无畏披兵甲，妇好重生照矢心。

且将诗情抒瀚海，黄沙砺尽始成金。

注：

1. 轮台：新疆古地名。

2. 跤花：女子摔跤运动员。

3. 妇好：古代女将军。

- 010 -

七律·岁末过易水有感

　　赴京会议毕，离京已是 2008 年的最后一天。黄昏时分，车窗外暮色朦胧，远山沉静，林木凋萎，心境亦萧瑟。过易水，有所感。慷慨赴远，不亦大丈夫乎？

萧瑟旧年如逝电，暮光渐黯掩苍峦。

干戈奥赛喜犹憾，风雨江湖暖复寒。

浊酒半樽情难已，瑶琴一曲梦强欢。

栏杆拍遍无人会，易水河中波更湍。

七律·贺古典摔跤预赛成功举办

摔跤大赛烽烟起，三月并州草木葳。

全运盛举多豪杰，泉城路远一征衣。

手缠恰似蛟龙舞，脚稳堪当泰岳岿。

借问魁元谁为首，河东小将闫鹏飞。

1. 摔跤大赛：2009 年春天，山西省体育局承担第十一届全运会古典式摔跤预赛任务，全国各省（区、市）选手纷纷前来参赛，争夺决赛入场券。

2. 并州：太原市。

3. 泉城：济南，第十一届全运会摔跤比赛的决赛举办地。

4. 手缠：摔跤动作，双方抢夺把位，争取发力机会。

5. 魁元：指冠军。

6. 闫鹏飞：山西摔跤选手，夺得该项赛事 66 公斤级冠军。

七律·赴沈阳观看女柔预赛有感

甘霖洒路出关行，四百蛾眉战沈城。

掠树薰风烟柳画，抹空碧色雁鸿声。

喜看柔道群英会，热望山东凌绝惊。

三晋女将最飒爽，红妆素裹倍殊荣。

七律·过雁门关有感

> 去大同公差，归来过雁门关。下路，十二公里即至。正黄昏，西风残照，长风吹荡，关隘虽残破，但古风巍然，心有所感，遂成此篇。

群山西望暮云昏，匆匆轻车过雁门。

关隘横空鹰亦叹，烽台远踞鸟无痕。

匈奴狼焰几番起，突厥骠骑数度奔。

鼓角西风俱往矣，遥闻鸡犬两三村。

七律三首·井冈山

按照教学安排，随省委
2010 年 5 月 5 日至 11 日，
党校第 48 期中青班全体老师和学员，到井冈山进行为
期一周的体验式教学。在这片神圣的土地上，我们认真
听讲，激情高歌，挥洒汗水，经受锻炼，度过了一段难
忘的旅程。诗言志，下面的句子，正是如此。

其一

赣西五月已晴盈，晋子虔诚访圣城。

烈士陵园风雨疾，黄洋哨所炮声惊。

群山处处埋忠骨，八角依依耀战营。

倥偬时光应记取，井冈血染党旗擎。

注：

1. 晋子：山西学子。

2. 圣城：井冈山是中国革命的圣城。

3. 黄洋：黄洋界的略称。

其二

井冈功绩谁居伟，领袖当然毛泽东。

暴动秋收风雨骤，罗霄转折睿思功。

三湾妙手凝群志，五井诚心结两雄。

最胜茅萍灯一盏，星星之火漫天红。

注：

　　1. 罗霄转折：秋收起义失败后，毛泽东率军转移到罗霄山中段的井冈山，开启了"农村包围城市"新的革命道路。

　　2. 三湾：指"三湾改编"。

　　3. 五井：井冈山地名。

　　4. 两雄：王佐和袁文才。

　　5. 茅坪：毛泽东在井冈山的驻地。

　　6. 星星之火：毛泽东在茅坪八角楼，写下了对于中国革命具有重大意义的《星星之火，可以燎原》。

其三

热血涌流访圣贤，井冈天下美名传。

朋侪六十皆才俊，逆旅三千涉险川。

挥汗重行挑米路，激情高唱壑岩巅。

自兹再立拿云志，胜利征途谱壮篇。

注：

1. 朋侪六十：中青班老师学生，共六十余人。

2. 逆旅三千：从山西到井冈山，大约三千里。

3. 挑米路：指朱德和其他红军指战员挑粮的小道，在井冈山学习中，有学员参与重走挑粮小道的体验课。

4. 拿云：上揽云霄之意。

七律三首 · 贺大舅大舅母金婚

　　8月23日，是大舅大舅母金婚纪念日。大舅家举行了隆重的庆祝仪式，外地的宾朋都赶回阳高表示祝贺。我自然也不例外，携妇将子，驱车回去。行前，大舅嘱我一定要写点东西。吾也正有此意，无奈连日繁忙，文思枯竭，直到21日上午，才稍有余暇，匆匆写就七律三首。第一首写了归乡的心情和缘由。第二首对大舅大舅母的金婚历程做了些感慨。第三首则描述了大舅大舅母退休之后的生活状态，表达祝愿之情。

其一

七月阳和绿意茵，天高云淡适秋晨。

杏林暖暖行人意，车驾匆匆故土尘。

孝长不辞路途远，感怀只觉白头真。

匆匆归来知何谓，吾舅金婚五十春。

其二

岁有寒温月有痕，苍茫半世话金婚。

早年青涩红尘恋，十载峥嵘胆魄惊。

国运家情人世暖，师传亲养故园恩。

相携走过人生路，满目青山夕照门。

其三

晚景闲居自沈详，南山相对菊篱旁。

纤尘不染书房静，新雨时洇翰墨香。

桃李满园知友众，儿孙成行孝行常。

且将诗赋成书卷，夕照何尝逊旭阳。

注：

1. 阳和：系阳高县故称。

2. 杏林：阳高盛产杏，杏林遍地。

3. 十载峥嵘：十年动乱。

4. 满目青山夕照门：化用叶帅诗句。

5. 诗赋成书卷：大舅近来诗文刚刚结集刊行。

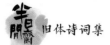

五律·仲秋

随国家队出征土耳其伊斯坦布尔世界摔跤锦标赛。正值仲秋，有感而发。

羁旅秋风紧，伊城万里牵。

自怀强国志，不畏客居单。

毕胜须千役，征程已数年。

今宵桑梓月，谁与共相看。

七律·马术比赛

山西玉龙马术队成立,日前赴鄂尔多斯成吉思汗陵旁边的赛马场参赛,取得可喜战绩。高兴之余,有此篇。

一出阴山更向西,毛乌漠野牧原萋。

嘶高唯恐惊天汗,丛密依稀跃骥骊。

自古雁门多宝马,而今玉龙再扬蹄。

前军忽报初传捷,旷野依依云脚低。

注:

1. 毛乌漠野:指毛乌素沙漠。

2. 天汗:指成吉思汗。鄂尔多斯赛马场在成吉思汗陵不远处。

3. 玉龙:山西省玉龙国际马术俱乐部。

七律·春节前偶拾

饭罢无由慰长尊，轻车东出向辕门。

冬寒野径稀人迹，年节农家足酒豚。

男子从来重事业，我曹自当舍柔温。

今秋全运狼烟起，慷慨长歌战吐浑。

 注:

1. 辕门：军营，此处比喻运动队训练场。

2. 全运：指 2013 年秋天在辽宁举行的第十二届全运会。

3. 吐浑：吐谷浑简称，此处喻为重要体育比赛。

五律 · 春节探望运动队路上

疾驾驰荒甸，枯霜掩路肩。

毕年多战事，除夕沐烽烟。

戚戚辞慈母，萧萧过郊廛。

遥知千里外，大纛出雄关。

1. 郊廛：城里城外。

2. 大纛：大旗。

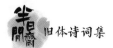

七绝·车行有感

> 周日加班，东奔西走。驱车滨河东路，堵车，忽见路旁桃花怒放，有感而作。

案牍无由假日辛，老骥西岭复河滨。

汾水或解抚劳顿，隔岸桃枝自在春。

七绝·吃面

第十二届全运会柔道预赛在沈阳举行，我们带队参赛，每天午餐必点兰州牛肉拉面，因而戏作。

玉带抻开一臂长，红椒绿叶好浓汤。

沈阳街头面足碗，最是征途菜根香。

七绝·偶拾

　　坐在办公室桌前写明天的动员报告。思绪混乱，稍事休息，临窗远眺，心情慢慢好起来。想吾辈体育人，一生在竞争中劳碌，争的是胜负，见的是成败，悟的是得失，参的是生死，确实不易。想着想着，不知怎么，陆放翁的一首诗就到了嘴边，改头换面戏赋了下面几句：

孤居郊野不矜哀，尚思孜孜夺锦杯。

夜静卧听风雨作，跤场酣斗梦中来。

七绝·题朋友摄影照片

有新加坡朋友自网上发来照片（如下），嘱我题诗，遵命作此。

风中细颈自婆娑，妙手裁来映碧波。

点染金秋无尽意，心有灵犀不须多。

七绝·夜行遇雨

暮入江南长路孤，倾空夜雨似悬壶。

惊看雷电穿云起，万古山河有却无。

七绝·乘北京地铁读书

晨起并州已足眠，赴京会议沐风烟。

喜乘地铁虚前席，书中偷闲一味禅。

七律·备战全运会抒怀

驿路烟尘卷疾风，暂将此志寄桑蓬。

筹谋画计惊残夜，策马挥戈建首功。

雪暗鹰飞思李广，狼奔豕突念关公。

胡天赫赫秦时月，不破楼兰誓不终。

注：

　　桑蓬：古时男子出生，以桑木作弓，蓬草为矢，射天地四方，象征男儿应有志于四方，后用作勉励人应有大志之辞。

古风 · 题黔灵山猴王

当年齐天大圣，如今黔灵扎根。

本当荣华富贵，何以这般苦辛。

老猴微微一笑，先生反失迷津。

世事最是难料，宦海险象纷纷。

莫如啸聚山岭，难得自在光阴。

饥时野果饱腹，闲来乐享天伦。

听罢怅然若失，顿首拜别猢狲。

转念又有所悟，正觉本在人心。

菩提何曾树木，明镜本来不存。

守住自在空性，何处不是山林？

七律·贺郭沛栋履新

苍茫几度旭阳新，关岳行行步履辛。

无暇林荫青鸟啭，有心溪柳沁园春。

且归边塞靖胡马，不慕琼楼伴翠巾。

今日长鞭持在手，壮歌声里抗强秦。

七律·中秋有感

寒秋遥望平川寂，时近黄昏暮色萦。

忽见银蟾穿雾出，遍观炯宇荡胸清。

仰空方见真圆满，循道无为邻老彭。

何不自兹般若悟，心外无物是光明。

注：

1. 银蟾：月亮
2. 老彭：老子和彭祖。

五律·把酒抒怀

我有一壶酒，足以慰风尘。

罍卣烝梼杌，醇馥享斯民。

举首邀明月，红巾慰本真。

醉来眠柳市，忽闻匣刀呻。

注：

  1. 罍卣：古代两种青铜酒器。

  2. 梼杌：楚国的史书名。

五律·白发吟

镜前颠已雪，胡谓惜华年？

春被清霜染，秋当朔月悬。

岂非泉正涌，更乃骨含铅。

单骑过尘市，心中有洞天。

旧体诗词集

五律·迎新年登鹳雀楼随感

二青在即，元旦放假三日，无一日得闲。先是岢岚移民新村捐赠器材，往返占去一日；次日，天不亮即起，大宁扶贫，临汾检查场地，又到运城永济；明日在鹳雀楼组织迎新年活动，又要一天忙碌。改材料已至深夜，了无睡意，思及元旦登楼，心喜之，成此篇。

名诗传百代，蒲坂亦吾乡。

白日悬河水，危楼矗大荒。

二青归三晋，万众战八方。

千里登临目，洪波已滥觞。

注：

1. 名诗：指王之涣《登鹳雀楼》。

2. 蒲坂：今山西运城永济市。

3. 河水：黄河古称"河水"。

4. 二青：指第二届全国青年运动会，由山西省承办。

五律·同学情

雪被云州野，寒笼晋地边。

人栖桑干岸，心系泰山巅。

梦里方三日，人间已数年。

一声同学唤，双泪落君前。

注：

1. 云州：大同古称。

2. 桑干：桑干河，发源于山西北部。此处指代山西。

3. 泰山：山东名山。此处指代山东。

七律二首 · 春节偶拾

其一

鬓发稀疏不胜鬈，枯寒年夜苦无眠。

隔窗烟火惊残忆，满席珍馐仿旧年。

祭奠仪成重寄酒，耄龄父在盼延年。

东来竟得鸿书好，尚飨伏唯显姒仙。

其二

岁末劳军行迹颠，终年艰巨一朝牵。

满杯誓战金牌酒，高蹈不辞大赛煎。

唯有精忠能报效，但能问鼎最欢嫣。

家邦情意今犹在，翌岁春来早着鞭。

七律·读书乐

老来无计归髫岁，开卷当如掣笔郎。

宦海难寻灵性璞，书山方见智珠光。

偷安余暇披千册，惜少闲身览四方。

独卧南山方外地，青灯古韵伴天长。

注：

1. 髫岁：童年时代。

2. 掣笔郎：古代以"掣笔郎"称誉幼年而善书法者。此处借用，指少小读书的学者。

3. 独卧南山：化用王维"归卧南山陲"。

半且閒齋旧体诗词集

五律 · 壬寅冬至有感

佳节适冬至，晨昏叹寂然。

新冠期绝世，暖日照残年。

闭户因中彀，修生且独眠。

妖氛良可尽，把酒白云边。

七律·中秋赋

鸿雁飘零几度秋，不辞闲履又登楼。

谁家夜半萧声黯，槛外江中桂月愁。

敢慕华光盈万户，何妨残岁共骈游。

倚栏远目平林寂，浊酒沽来意未收。

七律·党校学习过半，受时疫影响推迟开学，有感之

众木葱茏绚彩缤，秋鸿天际启霄宸。

修身半月多诚意，格物三真复暮晨。

岂奈新冠暂阻路，唯知精一畏生尘。

归期不负旧朋伴，晋学园中日日新。

注：

1. 霄宸：原意指朝廷，此处借指学习之时恰逢党的二十大召开。

2. 诚意：《大学》"八正道"之一，阳明学以之为治学之根本。

3. 三真：真学，真信，真懂。

4. 精一：出自"人心惟危，道心惟微，惟精惟一，允执厥中"（《尚书·禹谟》），号称中华文化之心传。

5. 生尘：佛家渐宗偈语——时时勤擦拭，勿使染尘埃。

6. 日日新：出自《大学》"苟日新，日日新，又日新"。

七律 · 党校学习

高秋气肃涤园静，久旷庠黉草色新。

仕宦从师何所幸，良知致道足躬身。

修身自古格而致，益识由来义与仁。

竟日笃行迟旦暮，澄空皓月耀无尘。

注：

1. 涤园：党校内有一小园，幽静可爱，无名。园内有石，铭"涤心"两字，姑且名之"涤园"。

2. 庠黉：古代地方学校，此处特指党校。

3. 良知致道：化用王阳明"致良知"。

4. 格而致：格物致知。

古风·并州十二时辰

子（23:00—01:00）：读书

挑灯读青史，子夜适其始。

万古皆黯黯，当时人不识。

大风啸楚客，燕然勒石志。

千秋两司马，百野一耒耜。

由来兵戈乱，无非城头帜。

王谢堂前燕，鸿飞雪泥迹。

读经如读性，读史如读理。

群丑每当道，贤良何所寄。

高岸摧为陵，万古无新意。

把酒酹长夜，拍案惊妻子。

户外车声绝，漏尽人皆寂。

唯见并州月，皎皎澈如洗。

丑（01:00—03:00）：夜梦

夜深卧床久，高窗透星斗。

昏昏几欲眠，纷纭人乱走。

洋洋汾水涨，渡宽涛声吼。

忽见楼船高，吏呼齐叩首。

未闻《秋风辞》，但闻箫鼓骤。

恍见公子冠，群聚博戏仆。

俄而擎大纛，步槊映甲胄。

遥呼女帝归，勅封北都狩。

更有书生哭，太息雁丘覆。

惊闻巨声裂，百川已遁走。

恍惚入城来，陌畔比户牖。

南海品杂割，城北祭老柳。

城东揽双塔，西南访唐侯。

茫茫天欲雪，寒衣冷难受。

大梦登时觉，恶卧失衾佑。

暗笑闲如我，梦中访古籀。

四方莫知处，一城何誉咎。

旧体诗词集

更漏莫知时，长夜袭如旧。

寅（03：00—05：00）：路遇

夤夜街灯昏，犹有夜行身。

辚辚汽笛鸣，忽忽往来轮。

站前车成行，载客隐红尘。

疫病已三年，近日犹为瘟。

夜半隔路障，分区核酸频。

春来天更暖，计劳已六轮。

街头多大白，夜深人犹勤。

更兼洒扫早，晨起一何新。

我在睡眠间，犹多未眠人。

长风掠街巷，空城亦有温。

卯（05：00—07：00）：登山

街灯尚皎皎，西至呼延茆。

有山名崛嵎，赫然如云峤。

春来花烂漫，夏雨雾缥缈。

秋叶红似火，冬雪披银缟。

- 046 -

峻岭吾有缘，经年登料峭。

朔风何足惧，拾级步苍昊。

葱茏掩石径，林森隐啼鸟。

石壁如斧削，幽洞藏仙草。

青主隐其间，多福晨钟邈。

仰首何所见？浮屠姿窈窕。

喘定乍回首，东方红日杳。

辰（07:00—09：00）：早市

归来正清晨，早市已芸芸。

店铺皆熙攘，各有甘味淳。

头脑溢奇质，秋冬最滋身。

珠丸南肖墙，况味由来真。

此条以刀削，翩翩落锅纷。

彼面调打卤，清混各有循。

梅花落烧卖，羊杂究汤醇。

酸甜当醪糟，栲栳一时珍。

最喜过油肉，晋味八方闻。

佐以宁化醋，老醯最厚醇。

黄酒殷勤味，柳岸客舍新。

暮春又匆匆，青主何日巡?

巳（09:00—11:00）：开会

久已羡陶令，不复困羑里。

尚有三立志，居官当任事。

两年得三迁，孟母犹迟疑。

但得能效命，新旧岂云泥。

枯坐披案卷，日有百页旨。

又有访客众，谈笑商策计。

会议各就位，参差弥远迩。

议题多如毛，官事星火急。

恨无萧曹智，治下无阙遗。

仅此广电安，日日畏若失。

时长每过午，恍然腹中饥。

能臣未敢当，循吏亦足矣。

寄语故书友，莫以吏无为。

成败寄一官，慎勿愧青史。

午（11：00—13：00）：午休

春风正和煦，公室亦晏如。

先就堂食简，又卧沙发寤。

小睡能纾困，积习岂无补？

醒时神明爽，惜时读四部。

人在斗室坐，精骛八极域。

迩来三十年，日日有此旅。

万卷如斯破，册册历寒暑。

或有慷慨志，片言寄诗赋。

去年学平仄，至今已千句。

未敢诗言志，但得真情抒。

窗外白日高，光辉生万物。

未（13:00——15:00）：骑行

柳岸雨霏霏，幸得未沾衣。

携女骑步道，全程数十里。

未敢涉远行，娇女尚无力。

俄而雨消歇，长堤净如洗。

清风拂面颊，葱茏多旖旎。

时时遇长桥，倒影如画里。

下行沐疾风，上坡步步滞。

此生多起伏，安知不是惠。

人言生涯短，苦多乐不易。

今日悟此非，行乐亦有以。

乐忧本自足，漫若迎风骑。

申（15:00—17:00）：游览

客来访三晋，省博首作宾。

我亦有所任，权作引路人。

层楼状若鼎，高台步青云。

入堂如塔腹，恍入玄天裈。

拾级登层楼，馆阁比比邻。

文明摇篮启，晋国霸业循。

历历十二馆，专精各有分。

远古天人际，惟余石嶙峋。

火萤西侯度，弓发峙峪村。

陶寺击磬鼓，叔虞始受宸。

千年弹指间，历历载彝尊。

重器比比是，古迹累累珍。

华夏五千年，主根在河汾。

依依主人意，啧啧客人欣。

所见何足道，恒沙一微尘。

酉（17:00—19:00）：漫步

晚来晋阳秋，信步湖边走。

西山夕照红，橘晖惹烟柳。

湖光煮山影，蜿蜒若龙兽。

波涛拍长堤，铿然作重奏。

浩淼水无际，堪出西湖右。

山水寄骚客，画舫载闺秀。

西岸走健儿，东亭乐童叟。

更有光幻影，《如梦晋阳》秀。

迷离乱时空，笙歌绕远岫。

浑兮踞西南，一城为之懋。

此间乐如何，三晋何堪偶？

戌（19:00——21:00）：聚饮

晚来人不静，为欢适其期。

有朋自远来，呼友三昧居。

山珍无足道，鲜自羊与鱼。

女客竹叶青，男客汾酒俱。

雅居四围坐，轩外迷虹霓。

虽非金谷宴，亦逊兰亭溪。

毕竟群贤毕，华盛自萋萋。

老友说旧事，新朋各汲汲。

三杯尊已毕，纷纷绕桌揖。

酒酣拍手歌，皆是少时曲。

绕梁音不绝，恍若过白驹。

醉卧客怀中，犹自唤酒急。

豪情干精舍，酒色污罗衣。

老来更重意，颓然不失僖。

相携醉归迟，望中犹熙熙。

亥（21:00——23:00）：听歌

工大校庆会，堂中乐声蔼。

煌煌大剧院，今夜歌澎湃。

我亦做嘉宾，洗耳享天籁。

细声自远来，幽芒屏息待。

俄而众器和，铿锵成一脉。

激越著众志，喧哗宛江海。

又作呜咽响，风中撼松柏。

鼙鼓渐渐闻，微芒透雾霾。

幽冥潜入心，听者皆作色。

歌者美儿女，婉约绕梁凯。

多情暗恨生，缠绵无复赖。

更有民乐奏，袅袅远山黛。

平湖渡扁舟，渔歌唱晚寨。

乐罢情未尽，心潮久澎湃。

古贤习六艺，乐者传百代。

并州有此会，方兴当未艾。

七绝·疫情五章

一

几度妖氛锁玉台，荒城对月独觞杯。

书生款曲无人信，梦里江南疗病梅。

二

驿马迟迟酒囊穷，白云岭上怅杳蒙。

春宵隔网茶当盏，人在天涯月在空。

三

最忆家乡杏岭荫，春来遍野雪森森。

覆杯倦问无归计，履迹当时梦里寻。

四

阳台远眺南山卧，雁字排云一带寒。

念念春申音讯隔，征人未见报平安。

五

一别幽燕三月久，思君不见断鸿声。

晨来把看旧诗笺，血泪凝时字字惊。

古风 · 减肥歌

昔时年少亦潇洒，八尺男儿修长身。

人夸潘安未可信，独有玉骨可仲昆。

三十四年食君禄，一腔孤勇着力拼。

案牍每由昼且夜，酽茶纸烟到曦晨。

骨销影瘦亦不息，辄有奇文拍案频。

迩来十年更两载，仕途未达鬓已银。

书生忽为百夫长，稼轩誓当作知音。

军情迫来强拜将，画角长弓出辕门。

十年百战青山老，对镜怅然天命侵。

虽有钧令重重急，亦复筹谋堂中勤。

二青一役风雷动，华舰更兼守初心。

凯歌毕竟酬天道，天功得赖助河汾。

忽如一夜春风来，惊觉髀肉已如豚。

本非偷闲致肥硕，食量或比廉颇君。

禄山董卓良非善，英年早逝惜明仁。

寻常下裳窄难穿，行路无几喘如奔。

倘以当年身量计，体中另有一人宾。

本以老来多体胖，弥勒抚膺亦彬彬。

翩翩鼓腹卧东床，惜乎儿郎作老尊。

腹中赤心参差是，唯此四体拙难伸。

终究重荷超母赐，慢病微疾随而纷。

三年合有一月整，茕茕病室痛忍呻。

头颅欲裂睡昏沉，惊起梦醒飘坠魂。

百年多有未竟意，此身俨然已入砧。

箴言肥大非为美，千金当致老来轻。

岂有人生不自勉，祛病且自减肿臃。

年来暗立强身志，竟日挥汗健骨筋。

三月不尝杯中物，数旬过午食免唇。

累至伏地无力起，饿来梦中飨豕鹑。

日日对镜窥胸廓，时时上秤辨毫分。

暮冬自兹已初夏，毕竟皇天不负人。

鼓盆日渐无影去，体感自觉豪气新。

近日再有华佗遇，病室权作归航轮。

虽有手术半日醉，暗喜医嘱三餐禁。

医舍酣眠五六日，秤上已失七八斤。

成事原计全年力，掐指百日毕功勋。

人生当无再少年，晴明倏逝近黄昏。

老夫慨作减肥颂，满目青山倍觉珍。

注：

1.潘安：晋代美男子。

2.仲昆：差不多。

3.食君禄：在国家机关工作。

4.百夫长：古代低级军职，此处借指在省体育局的训练单位工作。

5.稼轩：辛弃疾，字稼轩。

6.天命侵：快五十岁了。

7.二青：指2019年8月在山西举办的第二届全国青年运动会。本人曾在此项工作中承担重任。

8.华舰：指华舰体育控股集团有限公司。本人曾担任该公司第一任董事长。

9.髀肉：出自《三国志·蜀书·先主传》裴松之注引晋·司马彪《九州春秋》"备曰：'吾常身不离鞍，髀肉皆消；今不复骑，髀里肉生'"，形容回机关工作后，人胖了许多。

10.廉颇君：廉颇老时，为展示自己威风不减当年，还能上阵打仗，一顿饭吃一斗米、十斤肉，饭后披甲上马，拉弓射箭，以示宝刀未老。

11. 禄山：指安禄山，体貌十分肥胖。

12. 董卓：体貌十分肥胖。

13. 明仁：指明仁宗朱高炽，明代第四位君主，为人宽厚爱民，惜乎身体肥硕，早死。

14. 鼓腹卧东床：《世说新语》载，郗太傅在京口，遣门生与王丞相书，求女婿。丞相语郗信："君往东厢，任意选之。"门生归，白郗曰："王家诸郎，亦皆可嘉，闻来觅婿，咸自矜持。唯有一郎，在床上坦腹卧，如不闻。"郗公云："正此好！"访之，乃是逸少，因嫁女与焉。王氏谱曰："逸少，羲之小字。"

15. 腹中赤心：《太平广记》记载："帝（玄宗）尝问曰：'此胡腹中何物？其大乃尔！'禄山应声对曰：'臣腹中更无他物，唯赤心耳！'"此处借用，乃戏言耳。

16. 入砧：砧本意是指捣衣石，引申义是古代用于斩首的刑具，犯人伏其上以受刑，此处指担心人老而将死。

17. 杯中物：酒。

18. 华佗遇：又住进了医院。

19. 老夫慨作减肥颂，满目青山倍觉珍：化用叶剑英元帅"老夫喜作黄昏颂，满目青山夕照明"。

水调歌头·明月夜

临轩仰圆魄，凭槛思朋俦。痴心如昨，几番孤苇渡中流。纵有蟾宫圆满，怎奈幻来心底，片片尽离愁。莫等月如晦，散发弄扁舟。

梦非梦，堪回首，独登楼。举杯虚空，霜白满地曜明眸。难得相知深厚，毕竟天涯共此，但得愿长留。明月何事有，今夜遍神州。

临江仙·夜梦忽醒有感而作

梦酣忽闻金鼓震，醒时仿佛三更。驿中雷雨隔轩惊。异乡督战事，逆旅客泉城。

半生走马兼弄墨，何时归卧山陵？一腔诗绪寄伯牙，晋阳春已老，归路忘阴晴。

注：

1. 战事：全运会摔跤预赛在济南举行。

2. 归卧：化用王维诗"君言不得意，归卧南山陲"。

3. 泉城：济南。

永遇乐·仲春咏志

归去来兮，狼烟起乍，钧令传递。拜将台高，扪参历井，难尽彷徨意。可堪回首，泉城鏖战，洒下几番血泪。数风流，由来寒暑，苦雨朔风铁骑。

如斯逝者，匆匆又见，鼓角雁门鼙吹。铁马金戈，挥师东北，旌纛何迤逦。且当英勇，拼搏心力，孜孜不辜忠义。沉舟处，楚虽三户，强秦不畏。

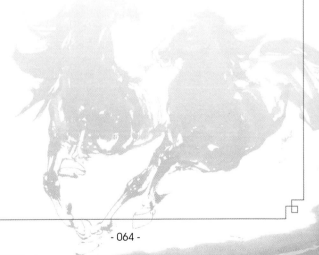

西江月·静夜值班有感

　　夜半独居宾驿，孤灯兀自凄凉。心中波折抚难忘忘，羁鸟念归草莽。

　　最忆昔时街巷，闲来翰墨文章。春来秋去独西厢，任凭飞流短长。

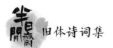

清平乐 · 搬迁随感

今日得局里将令，中心提前搬迁。日子颇紧，又恐扰及全运，左右支绌。但一天下来，各样事等，落实无误。下午来长治，训练场地初定，队员情绪，已然稳定。心情不错，有此词。

风烟未了，又闻移师号。沧海横流连声笑，熊掌和鱼都要。

迁徙筹划初成，轻车直上行营。但得众人鼎力，全运前景澄明。

沁园春·南京行

明都繁华，一日之际，数度嗟呀。梦秦淮烟雨，柳溪人境；乌衣巷浅，夕照西斜。建业形胜，风华无际，王谢孙吴几度夸。六朝息，叹三秋桂子，十里荷花。

曾经昔日风华，战十运，兵戈惊鹊鸦。恰筹思谋定，意兴风发；轻骑突进，天助交加。今岁重来，旧人新曲，甲胄金鳞披紫霞。凭谁问，将军能饭否，何日还家？

1. 明都：指南京。
2. 建业：指南京。
3. 十运：第十届全运会。

江城子·除夕日暮抒怀

　　红尘远树映残阳，岁朝望，最匆忙。向晚归途，萧瑟掩轩窗。鉴中依然羁旅色，霜染鬓，皱痕长。

　　沉沉梦醉旧西房，小回廊，黯梅香。登览层楼，桑梓路茫茫。黛巘渐升茅店月，东风送，雁还乡。

1. 岁朝：春节的古称。

2. 鉴：镜子。

3. 羁旅：长期出门在外。

4. 黛巘：青黑色的山峰。

5. 茅店月：引自温庭筠"鸡声茅店月，人迹板桥霜"。

水调歌头·元宵节

宵食一何似，月殿出银丹。老君精炼成就，长袖撒人寰。此夜流光铺地，直叫烟尘雪泥，清皎泛寒泉。长恨逝鸿远，谁与共悲欢？

酒酣处，相思滥，且流连。小园露重，幽梦怜见湿冰纨。微醉妆楼帘内，恍见乡关云外，隔舍两婵娟。迥宇叹清绝，千里寄诗笺。

注：

1.宵食：指元宵。

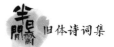

诉衷情令·晨起登太山

晨光最是数今朝，太山访故交。天高林幽风萧，拾级醉松涛。

鸣水渐，岭岩峣，鸟声迢。转头忽见，一抹翠意，半亩僧寮。

水调歌头·二舅二舅母金婚

今天，是二舅二舅母结婚五十周年纪念日。作为大外甥，也曾承欢膝下，倍受关心。流年往事，一言难尽。感慨系之，有此篇。

桑干河边路，旧梦几徘徊。苍茫年月，殷殷唯叹百般赢。所幸子孙有志，风华京师域外，大志正扬眉。我辈亦多赖，方得自由飞。

盟旧约，偕白首，抒情怡。半生辛苦，奋斗凝聚爱和痴。且看古稀翁姬，曲径扶将散步，旧意绽新晖。且叹苍云幻，人间几轮回。

鹊桥仙·贺智伟大婚

> 近日，山西奥运奖牌获得者、射击世界冠军王智伟大婚，作此词以贺之。

峭寒乍暖，良辰凝露，自此鹊桥共渡。吹笙鼓瑟贺仪欢，挚情鼎沸宾醑处。

飞鸿弄巧，丘弓惠顾，风雨携来眷属。丝萝柔顺未稍歇，男儿再上扶桑路。

注：

1. 丘弓者，丘比特之弓也。
2. 扶桑路：出征东京奥运。

满江红·春节赴南方慰问运动员感怀

　　驿路匆匆，情难已，苍茫万里。思逆旅，粤琼滇蜀，疾行天际。漫卷旌旗南浦渡，剑挥全运津门启。战情迫，枕刃过新春，从头缀。

　　流云逝，山远邃。心念起，人何寐？梦乡愁如许，巷深龙吠。最是年关思故里，今宵雪染花灯璀。休酒酣，醉里鹧鸪鸣，皆归意。

　　1. 粤琼滇蜀：慰问之旅，经过广东、海南、云南和四川四个省。
　　2. 全运津门启：第十三届全运会在天津市举行。

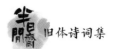
渔家傲·春节抒怀

故土欣非时梦现，服骅喘息接年饭。家母病疴期可挽，谁作伴，忠孝自古难如愿。

把酒今宵情意乱，白头壮志无思倦，大业几番钧令遣。春意暖，长歌一路桃花岸。

注：

1. 服骅：古代拉车的马。

2. 家母病疴：2018年春节，母亲已病重。但我只能除夕夜赶回老家看望她。

水调歌头·明月夜思绪

莽原连山月，广域白如脂。殷殷箫咽，年迈方悟曲中悲。我欲卧冰怀橘，庶几赐恩圆满，一瞬病疴吹。苍天本无义，与善恨无期。

天高远，风声息，壮思飞。芸芸万类，阴五苦八蓄禅机。仰望蟾宫数重，低察情愁恨爱，且悟此清辉。万古如今夜，圆魄九天垂。

1. 卧冰怀橘：古代《二十四孝》中的故事，比喻诚心。

2. 苍天本无义，与善恨无期：老子《道德经》中有言：天道无亲，常与善人。但生活中的状况常常相反。

3. 阴五苦八：佛教中有"五阴"（亦称五蕴），即色、受、想、行、识；也有"八苦"，即生、老、病、死、怨憎会、爱别离、求不得、五蕴炽。

水调歌头·庚子春节

时序岁元始，洒泪叹神州。旧愁新恨依次，勾得行人愁。慨忆津门酣斗，鼓角旌旗甲胄，俱是血横流。乙亥苦征久，成败两悠悠。

践临处，诗绪乱，酒当侑。怅望北嶂，山下孤墓恨难休。天有阴阳明晦，地得新冠滋肆，举国暴风稠。但愿人长久，罡气涤神州。

注：

1. 津门酣斗：征战天津全运会。

2. 山下孤墓：母亲去世后，埋葬在阳高城西北的云门山下。

喝火令·成都大运会开幕式

　　昨夜星如雨，芙蓉绽蜀庭。漫天金鸟耀恒衡。铺就锦云新道，参井竞相倾。

　　赛会风云骤，环球学子盈。蜀风巴韵舞娉婷。刹那熊猫，刹那古铜青。不夜锦官城外，万众仰长庚。

注：

　　1. 蜀庭：四川的天空；

　　2. 恒衡：北岳恒山和南岳衡山，泛指中国南北。

　　3. 参井：参宿和井宿，正位于蜀地上空。

　　4. 刹那熊猫，刹那古铜青：成都大运会开幕式表演。

沁园春·杭州亚运会遐想

前度刘郎，亚奥轻舟，乍入钱塘。忆少时初识，京都列阵。偏师南下，粤穗弓张。赛会无穷，风云漫卷，圣火今朝融素光。盈盈处，望苏堤晓月，水岸荷香。

携来百侣情扬。万里客、征帆济八方。聚北疆风劲，南洋浪卷，漠西驼影，东海苍茫。命运共同，鲲鹏直上，体育宏图放眼量。舣舲庆，壮歌新时代，大美之江。

1. 前度刘郎：比喻亚运会第三次由中国承办。
2. 亚奥轻舟，乍入钱塘：本届亚运会由杭州市承办。
3. 京都列阵：1990 年亚运会由北京市承办。
4. 粤穗弓张：2010 年亚运会由广州市承办。

风入松·贺中国大学生运动员曹茂园获成都大运会首金

此拳曾舞烈风中，呼啸长虹。今远去硝烟尽，演风姿、一跃青宫。雷震不堪精气，海涛直上桑蓬。

洛神吉纳嫁芙蓉，几度憧憧。月明星灿天开夜，纛旗挥、首阵期功。且看茂园出阵，酒温已报华雄。

注：

    1.洛神吉纳嫁芙蓉：比喻大学生运动会由四川省成都市举办。

無住菴荒境界新
瓊樓玉宇揔無塵
開門倚杖移時立
我是人間富貴人

壬寅 珮韻

鹧鸪天 · 无题

　　似水流年久泛澜，风云不禁瞽言谩。欲将心事融和韵，拙手难调锦瑟喧。

　　秋又至，朔风寒，李郎情表枉增叹。明堂日日悲华发，浊酒何尝慰戚颜。

注:

　　1. 李郎情表: 指晋李密《陈情表》。

踏莎行·初冬大雪

　　暮夜风平，侵晨雪乍，杉松素裹斜枝衩。纷纷片羽漫天颠，濛濛水墨随心画。

　　小径迷踪，跄行曲下，寒梅满树随亭榭。雁门明日几多寒，林间犹恋琼苞挂。

坐觀浮香
珮韻

黃金坐擁拂衣紅
風動荷花香動鳳
鼻觀浮香誰領會
姮娥夜泊水晶宮

壬寅　珮韻

风入松·夜阑听雨

　　夜阑听雨最销魂。窗牖隔天真。陋庐寂寂烹茶冷，着意将，黄叶蒸熏。笺素淡痕涂写，一心诸蕴无尘。

　　诗书闲看度昏晨，霜发泯东邻。沉沉风雨依依柳，过溪桥，流水无痕。秋暮非关情事，籁幽不忍听闻。

注：

　　1.天真：大自然的本来面目，此处指雨声。

　　2.黄叶蒸熏：泡茶工艺。

　　3.诸蕴无尘：五蕴皆空。

永遇乐·贺苏翊鸣夺取奥运冠军

天降雏鹰，疾飞如矢，盘旋如燕。雪岭巍然，苍天映衬，刹那乾坤颤。少年阵马，惊天一跃，冠首自兹加冕。看风华，明眸秋水，举城举国欣恋。

经年砥砺，迢迢行路，十载苦甘相伴。暂别星程，跻身霜雪，奇志云中雁。寄情父母，投师大匠，血泪不违弘愿。凯歌伴，风雷激荡，米兰再战。

注：

1. 阵马：破阵之马，比喻疾速前进之物。

2. 举城举国：山西乃至全国。

3. 星程：苏翊鸣曾在电影《林海雪原》中扮演"小栓子"角色，颇得徐克导演赏识，但为了奥运会，他放弃了电影事业。

4. 云中雁：云中是山西地名。苏翊鸣是山西省的注册运动员。

5. 寄情父母：苏翊鸣的父母在他成长道路上发挥了十分重要的作用。

6. 大匠：指苏翊鸣的教练日本人佐藤康弘，他曾经培养多位世界冠军，是世界顶级的滑雪教练。

7. 米兰：下一届冬奥会举办地。

蝶恋花·记梦

云岭崔嵬山路蹇。幽影依稀，月下飘零幻。衰朽老来多虑倦，离魂客旅三更短。

最忆童蒙归已晚，回转深林，群鹊曾惊乱。休道异乡秋意慢，寒砧入梦声声怨。

宿雨清畿甸
朝陽麗帝城
豐年人樂業
隴上踏歌行

任題韻

永遇乐·壬寅国庆有感

绵雨秋寒，雾峰萧瑟，幽景无限。倦鸟归林，清溪隐寂，陌上深篁馆。沐休最是，年年此际，掬得旧时清涧。怎消得，痴心如水，望中滟光尘幻。

天涯路远，佳期同庆，户牖柳烟畿畎。昔日风华，如歌行板，岂忘来时岸？但抒国泰，风调雨顺，万里海清河晏。且斟酒，临风唤友，槛边向晚。

满庭芳·重阳节有感

今又重阳。抚今思昔，迩来多少匆忙。盈盈年少，诗酒伴寻常。一路轻骑逐梦，度辽廓，风雨边疆。逝川处，帐中鉴冷，白发已苍苍。

还乡天已暮，东篱菊盛，北岭风霜。怅天际，征鸿一带孤行。消得西风送目，邀谁看，遍野秋黄。陈茶煮，泥炉小火，溢得满庭香。

定风波·尧城飞行大会

庚子仲秋，受命承办尧城（太原）通用航空飞行大会，驻扎清徐尧城机场。老而体弱，诸事繁忙，诸病竟一并袭来，劳作不息，亦狼狈不堪。幸得天遂人愿，活动顺利举行，明天下午就可收工。正值双节，草成此篇。

意绪苍凉畏角声，更兼驽钝夜难瞑。将命奉差逾数月，萧瑟，得无沽酒托觞觥。

秋节三军劳日夜，匆匆，病体犹自宿辕营。遥望廓然云海处，欢看，燕鸿袅袅过尧城。

注：

1. 秋节：指中秋节。

2. 宿辕营：因为公务繁忙，每天晚上住在尧城机场。

3. 燕鸿：指飞行大会上的轻型飞机。

浣溪沙·国庆归乡有感

　　漫起秋思恨未休。孤坟岂掩恁多愁，云门山下疾风稠。

　　步远自知心未静，蜗居羞见水东流。且沽浮蚁解悲忧。

注：

　　1.浮蚁：古旧代称酒。

浣溪沙·夜来书房著文偶感步八八韵

贲夜闲斋会楮生，欲将胸次付丹青。几番恍觉剑悲鸣。

秋月不随人迹远，轩窗唯见雾光轻。烹茶纾倦待天明。

注：

1. 步八八韵：依照我的诗词老师朱八八的词韵填词，下同。
2. 楮生：书的代称。

菩萨蛮·归乡偶拾步八八韵

秋寒未阻归巢客，层林尽染萧萧色。梓里洗风尘，座中频起身。

津津餐饭足，笑看儿童逐。盈耳绕乡声，倾情高柳城。

注：

　1.高柳：我的老家阳高县，古称高柳。

菩萨蛮·故乡急雨步八八韵

临窗看急雨，路上行人狼狈。忆及少年时母亲牵手行于雨中，有此篇。

临窗突兀山崩裂，悬壶灌注从天越。行者乱遮头，水淹车作舟。

忆慈曾若是，伞下盈盈俟。何惧水翻澜，依依牵手还。

 注：

1. 慈：母亲。

菩萨蛮·祭母步八八韵

寒山远上平林带，残禾极目荒郊外。野径罕行人，鸟飞抹旧痕。

路隅孤冢至，历历新铭字。悲恸溢胸生，悠悠千古情。

菩萨蛮·读书步八八韵

痴情箧笥稀侪侣，悠然把卷闲来去。半世寓并州，百经着意修。

最当珍敝处，日夜闻鸡舞。微命一书生，知行非可名。

注：

1. 箧笥：书箱。

2. 百经：各类书。

3. 闻鸡舞：化用"闻鸡起舞"之典。

菩萨蛮·抒怀步八八韵

平生志业荒多半，何当美誉何当怨。把酒诉温柔，仗兵封敌喉。

禁中闻急管，梦里情思软。掬泪看寒樱，戎车出故城。

注：

1. 急管：快节奏的吹奏乐。

菩萨蛮·山中访友步八八韵

山中小舍缘来客，深秋未肯输春色。碧水映黄花，暖亭新煮茶。

透窗观绿海，静好何凭赖？邀得翌年春，寻芳待晏温。

注：

1. 晏温：天气转暖。

旧体诗词集

菩萨蛮·友人来访正值暴雨步八八韵

当炉把盏醑方罢。停云霭霭滂沱下。枉驾以相存，挚情同齿唇。

此心期可再，此意芳尘外。残梦叹幽悠，天凉知已秋。

注：

1. 停云：停滞不动的密云。

2. 滂沱：大雨。

3. 枉驾相存：出自曹操《短歌行》"枉用相存"。枉即枉驾之意。全句的意思是：有劳客人远道来访。

菩萨蛮·病中感怀步八八韵

惊起梦醒魂飘坠。颠额欲裂昏昏睡。冷雨伴连宵。衣巾湿泪潮。

晓窗疏树影，岁暮哀多病。回首叹浮生，经年栖瓮城。

注：

　　1.颠额：头。

　　2.瓮城：古代城门口御敌的小型方城，如瓮，故名，此处喻生活中的困境。

菩萨蛮·平顺游步八八韵

清漪绕岭随行转。坡梁烂漫秋原绚。远目最迷沉，雁行天际深。

故人邀蕙若，访寺依然诺。云院遍苍苔，山门缘客开。

注：

1.蕙若：蕙兰和杜若，两种古代的名贵香，此处指代平顺散落全县的珍稀古迹。

2.云院：大云院的简称。平顺一座五代建筑，国家文物保护单位。

菩萨蛮·进京访贤步八八韵

车尘破晓行何往，燕山虎踞凭东望。日下寄漂萍，访贤幽履轻。

煮茶观空色，漏尽无倾侧。翌岁旅西南，五台犹可耽。

注：

1. 燕山：位于河北北部，由山西大同出发前往北京，北方隐隐可见燕山。

2. 日下：古代指国都，此处亦指北京。

3. 旅西南：欢迎客人来山西五台山做客。五台山在北京西南。

忆江南·龙泉寺访友

晨曦好，山寺矗林梢。瑟瑟初寒藏宿鸟，幽幽石径掩僧寮。西岭访知交。

鹧鸪天·偶忆十运会

　　壮岁曾闻铁鼓重。峥嵘十运唤群雄。筹谋军帐披星月，鏖战戎疆历夏冬。

　　军建业，战苏中。几番生死见奇功。今宵把盏当时忆，槛外秋风远逝鸿。

1. 十运：第十届全运会。
2. 建业：今江苏南京。

鹧鸪天·回忆十一运会

越剑胡刀起四方。硝烟全运战齐疆。气凝跤势辰星黯，神聚柔坛闪电光。

东岳畔，大河阳，几番鏖战定龙骧。经年梦境犹呼啸，明镜何妨鬓已霜。

1. 齐疆：即山东省。第十一届全运会在山东省举行。
2. 龙骧：古代名马，此处借指冠军。

踏莎行·援疆行

云絮千重，长风一路，乌城再访披轻雾。皑皑雪岭古来横，沉沉瀚海苍茫渡。

馕饼香酥，瓜梨沁露，瑶池美酒流连处。左公植柳今犹在，天涯寄意轮台树。

注：

1. 乌城：乌鲁木齐。

2. 馕饼：当地面食特产。

3. 左公：左宗棠。

4. 轮台：新疆古代地名，常以此指代新疆。

卜算子·冬日登太山

朔气荡清岚，寺远寒鸦乱。残雪连旋径自深，岭上虬枝颤。

书院静如禅，老柏斑斑藓。小坐茶寮问野僧，客思浑无间。

卜算子·贺苏翊鸣获世界冠军

欣闻在刚刚结束的单板滑雪大跳台世界杯（美国站）决赛中，山西滑雪运动员苏翊鸣获得冠军，同时也获得世界杯总冠军。这是中国本项目第一个世界冠军。欣喜有加，成此篇以贺之。

雪岭倚天高，刹那惊飞鹢。十七儿郎疾转身，片羽翔飘缈。

千嶂蓄初心，十载磨鹰爪。剑指京华橄榄冠，一战西山小。

注：

1.十七儿郎：苏翊鸣夺取世界冠军时，刚满十七岁。

2.京华橄榄冠：指奥运会冠军。

3.西山：冬季奥运会大跳台赛场，正好在西山旁。

满江红·赴临汾调研有感

赤日尧都，煌煌业，格于上下。中国始，控河汾地，据和诸夏。北望幽并称帝业，南通秦蜀丰民社。数千载，华鼎拱平阳，风流画。

汾水逝，荒原暇。轻车远，劳君驾。看临汾新貌，万般敦化。芳草萋萋侵古渡，晴川历历观新榭。歌击壤，大道论争先，从头跨。

1. 赤日：红日，比喻天子，此处指尧王。

2. 格于上下：语出《尚书·尧典》，指尧王的思虑至于天地。

3. 中国始：按照中国古史研究的成果，临汾是"最早的中国"。

4. 河汾：黄河和汾河。

5. 据和诸夏：依靠河汾之地来和合各个夏文化的部落。

6. 幽并：幽州和并州，在临汾北。

7. 秦蜀：陕西和四川，在临汾南。

8. 平阳: 临汾古称, 古史载"尧都平阳"。

9. 逢君驾: 遇到临汾市的领导迎接。

10. 万般敦化: 敦化指教化, 意指临汾市各项事业都取得了新的发展。

11. 芳草萋萋侵古渡: 喻指汾水两岸, 环境治理得非常好。

12. 新榭: 新的建筑物。

13. 击壤: 据传尧王时有《击壤歌》, 歌词为: 日出而作, 日入而息。凿井而饮, 耕田而食。帝力于我何有哉。此歌表达了歌者自在生活、自食其力的生活态度。此处反其意而用, 阐明要依靠党和政府的领导, 为人民创造美好生活。

14. 大道、争先、从头跨: 临汾市委正在组织广大党员干部开展以"争先、进位、崛起"为主题的大讨论。

浣溪沙·冬至

　　岁末枯寒漫旧思，日轮行短意迟迟。秋来故纸觅新词。

　　不解离愁沽酒浅，畏经风雪闭门颓。于今喜得渐新曦。

注：

　　1. 日轮：太阳。

　　2. 渐新曦：天渐渐长了。

念奴娇·阳高长城乡畅想

前日在网上见到一篇关于阳高边墙的游记，颇受感染，遂有诗兴。我过去的同事赵杰现在是阳高县长城乡的党委书记，对挖掘阳高乃至雁同地区的长城文化，颇有心得。我是阳高人，受这两件事的激励，作此篇。

登临远眺，看荒原寂寂，远山绵亘。古堡踞盘天险地，一线峭垣连横。雁过鹰翔，残禾野树，方外苍茫景。凛冬寒彻，碧空唯此旷迥。

遥想汉魏当年，白登高柳，骠骑翩然逞。弹汗王庭南望处，胡汉自兹烽劲。暖暖人村，依依墟里，拓跋归何姓？采凉山下，翌年檀杏殊胜。

注：

1. **古堡**：阳高明长城沿线，有多个古堡，如镇边堡、守口堡等。

2. **峭垣**：陡峭的城墙，指阳高县西北部的明代边墙。

3. **方外**：指边远之地。

4.旷迥：开阔而辽远。

5.白登：汉初，汉高祖亲征匈奴，为冒顿可汗率众围于白登，后借陈平计谋得以脱险，史称"白登之围"。一说白登在阳高，即今采凉山。

6.高柳：汉置高柳郡，郡治在阳高，是为阳高建置之始。

7.弹汗：指弹汗山，在高柳北。鲜卑大人檀石槐在此建王庭，统一了各鲜卑部落。

8.暧暧人村句：引自陶渊明诗"暧暧远人村，依依墟里烟"。

9.拓跋：鲜卑皇姓，后改汉姓元。其他鲜卑贵族也改为汉姓。

10.采凉山：阳高西北名山。

11.檀杏：盛开的杏花。

12.殊胜：特别好。

菩萨蛮·腊八

乳糜一钵菩提濯，佛陀赖以修般若。百世化流风，腊醅逢仲冬。

虎年春更早，暖语嘉年兆。晨起品馓香，个中滋味长。

注：

1.乳糜一钵：按照佛经故事，佛陀苦行六载无所得，欲弃苦行而改修中道，遂入尼连禅河沐浴。同道见其叛道（苦行者不洗澡），纷纷离他而去。佛陀苦行日久，瘦弱无力起身，幸得牧羊女苏坦施以乳糜一钵，才有了气力，上岸在毕波罗树（后名菩提树）下打坐，七七四十九天后修成正果。此为汉地腊八食粥习俗之由来。

2.般若：佛教里的无上正等正觉之谓，也就是大智慧。

3.流风：前代流传来的风俗。

4.腊醅：腊月的酒。旧俗腊八起勾兑黄酒，待除夕饮用。

5.仲冬：冬天的第二个月。

6.馓：稠粥。

鹧鸪天·无题

隔岸河开冰裂声，遥遥雁字画晴明。春寒犹锁深闺梦，谁卷帘栊望短亭。

依依柳，雨泠泠，烟波一带槛中横。今宵酒醒拥弦月，惊起群鸦乱故城。

满江红·守岁

　　暮色苍茫，登临叹，蹉跎竟日。凭栏处，大荒穷远，月眠星寂。逝水流年如梦影，寄怀愁绪归苗稷。一时念、野马亦游尘，苍凉忆。

　　山河在，风雨悉。湖海远，人无觅。纵征袍归箧，炽心何熄？今见冰川寒旷野，春来幸得同春溺。且掌灯，整理旧诗章，从头辑。

注：

　　1.大荒：荒凉的大地。

　　2.苗稷：指《诗经·黍离》，有"彼稷之苗"之句。

　　3.人无觅：父母都去世了。

　　4.箧：箱子。

鹧鸪天·柿子熟步八八韵

冷艳枝头霜后深，金秋山野蔽天阴。紫宫偷取焉支色，耆老携欢故土心。

犹髻耸，宛灯临，甘珍招诱乐栖寻。思将寄友迟疑久，勾得乡愁泪满襟。

鹧鸪天·贺梅西七获金球奖

亘古唯闻霸业专，雄姿单骑绿茵间。马拉多纳重披挂，亦未长征十数年。

巴萨意，故园牵，一身肝胆赴烽烟。凭谁暗问来年意，金辇扶摇世界巅。

注：

1. 首句：梅西七获金球，迄今是唯一一人。

2. 马拉多纳：公认的球王，亦是阿根廷足球运动员，但从未获得金球奖（或者类似奖项）。

3. 巴萨：西班牙巴塞罗那足球俱乐部，梅西过去十数年一直效力于此。

4. 故园：阿根廷。

5. 金辇：暗指梅西乃新球王。

6. 世界巅：明年（2022年）是世界杯年，预祝梅西率领阿根廷夺冠。

踏莎行·崛𡽈红叶步八八韵

远目苍茫，秋风涤荡，崛𡽈寄意攀援上。傅山夤夜醉霜红，陶然卧洒洇平旷。

世事微澜，心潮何状？营营宦海忧难忘。佳人未得共琼浆，且裁片叶传无恙。

注：

1. 崛𡽈山：并州西北名山，现有步道，可攀缘而上，遍览山景。

2. 傅山：明末清初著名文士，曾久居崛𡽈山，作《红叶楼》七言绝句一首，有"傅山彻夜醉霜红"之句。

鹧鸪天·抒怀步八八韵

　　宦海销磨久遁形，功名无咎几周星。惜将戎策修邻树，羞见知交话故情。

　　胡骑远，雁关青，秉旄何日云中迎。君言归卧林泉下，聊与昭亭作誓盟。

注：

　　1. 无咎：无功过，平常。

　　2. 周星：指一年。文天祥《过零丁洋》：干戈寥落四周星。

　　3. 戎策：平戎策。典出稼轩词《鹧鸪天》"却将万字平戎策，换得东家种树书"。

　　4. 修邻树。典出同上。

　　5. 雁关：雁门关。

　　6. "秉旄……"句：典出苏东坡《江城子》"持节云中，何日遣冯唐"。

　　7. "君言……"句：典出王维《送别》"君言不得意，归卧南山陲"。

　　8. 昭亭：指敬亭山。敬亭山原名昭亭山。此句典出李太白《独坐敬亭山》"相看两不厌，只有敬亭山"。

- 125 -

菩萨蛮·暮游大同土林步八八韵

危崖径上嘘初定，矍然地陷千丘映。壁立断层生，朔风金柝声。

幽观浑忘我，暮色隔烟火。鸦噪晚来休，胡笳拂静流。

鹧鸪天·同学聚会步八八韵

倩影翩翩旧日痕，画屏回看意温存。笑语青涩衣衫素，惊问虚席噩耗真。

情切切，意循循。半生萍聚再逢君。今宵道尽珍重意，携得并州一叶春。

踏莎行·题帅民丹国画《漓江烟云瀑布图》

怒浪喧天，狂飙动地。山岩荦确横涯际。雨烟蒸雾隐仙居，滔滔不竭奔腾气。

圣手丹青，漓川妙丽，寥寥水墨身游意。流泉自得匠心融，春来迅烈迢迢寄。

定风波·自况

　　久倦酬和习古词，苦吟闲诵总相宜。把酒月楼人不寐，凝视，暮光孤影意迟迟。

　　心羡诗情如子建，长叹，斗量终吝滴流垂。风物世情千古滞，悲喜，涌来笔底一般思。

浪淘如令·访旧不遇

　　云外鹤声传，江上轻寒，伊人隐隐渚中翩。溯岸柳烟遮望眼，一带荒原。

　　野渡映苍颜，寻梦林泉。旧时茅店已萧然。唯独细风柔似昨，怅惘经年。

浪淘沙令·读书有感

昨夜雨潇潇，润彼青郊。晚来闲读浸空寥，千古兴亡胸次溢，抚剑听潮。

梦里鉴湖迢，浊浪滔滔。谁堪功业逐萧曹。把酒长亭观柳岸，恩怨如绦。

注:

1. 萧曹：萧何和曹参。

2. 鉴湖：浙江名湖。秋瑾女士曾自号"鉴湖女侠"。

踏莎行·输液

凝露垂垂，涓流细细。颇黎净液冰晶霁。病中无力素笺轻，闲愁乱惹相思意。

漏意迟迟，明光靡靡。晨昏看取云天蔚。春风不负有情人，依依柳浪西窗翠。

1. 颇黎：玻璃的另一种译音。

临江仙·暮春之际卧病人民医院隔窗看景有感

阑珊春意临窗叹，疏枝怎奈轻寒。病躯无计赏芳妍。悯红怜翠，天地度风烟。

远目矗楼堪着墨，晴空一角安闲。东风素手理残笺。返光明暗，愁绪有无间。

江城子·偶患小病有感

病来未及料周祥。固非伤，事犹忙。微疴缠身，悔作养生荒。莫道皮囊能渡劫，终不敌，峭风霜。

暮光云海识苍茫，色空相，枕黄粱。几许因缘，倾意悟无常。扁鹊妙言知腠理，治未病，化阴阳。

渔家傲·武穆叹

　　战罢中原旌旗曜。金牌解甲风波杳。龙马本当驰北庙，回首啸，长城崩坏东京槁。

　　百代遗书江海老，无人识得璇玑好。斧影烛光金匮奥。有分教，宫中代代传新调。

注：

　　1 "战罢中原……"等两句：经过三次北伐，岳飞率大军连克蔡州、郑州、洛阳等地，正要乘胜渡黄河消灭金朝之时，宋高宗以十二道金牌下令退兵，岳飞在孤立无援之下被迫班师。

　　2. 龙马：岳飞坐骑"白龙马"。

　　3. 北庙：北方的庙堂。指金朝政权。

　　4. 东京：指汴梁，今开封。

　　5. 百代遗书：指《武穆遗书》。

　　6. 璇玑：璇玑，天文词汇，一指玉质天文仪器，二指北斗前四星，此处用以借指《武穆遗书》精妙的内容。

　　7. 烛光斧影：指宋开宝九年（1968）十月壬午夜，太祖赵匡胤大病，召晋王赵光义议事，屏退了左右。席间有人遥见

烛光下光义时而离席，有逊避之状，又听见太祖引柱斧戳地，并大声说："好为之。"当夜，太祖驾崩。后人多以为此事离奇未明，或有宫廷阴谋。

8. 金匮之盟：史载宋朝杜太后即赵匡胤、赵光义的生母病重，太祖赵匡胤在旁侍疾，临终时召赵普入宫记录遗言，交代未来的皇位继承问题，劝说太祖赵匡胤死后传位于其弟。这份遗书藏于金匮之中，因此名为"金匮之盟"。后人颇疑之。

9. 有分教：在章回体小说中有"分教"和"直教"两种连接方式。分教是指在以后的章节中会发生的故事，给读者留下悬念和使其继续读下去的念头。

10. 宫中代代传新调：岳飞的《武穆遗书》已经失传，然"金匮之盟"这样的宫廷斗争却历代不缺。

阮郎归·长亭春暮遽归人

　　长亭春暮遽归人，匆匆行逸尘。几番流岁梦湘君，清颜已皱痕。

　　时疫迫，隔天伦，经年怅塞门。槛窗孤影北鸿宾，声声入暮云。

注:

　　1.湘君:《楚辞·九歌》篇名，作者系战国楚人屈原。湘君为湘水之神。

　　2.塞门:闭门。

　　3.鸿宾:大雁年年南飞北归，犹如宾客，故名。

旧体诗词集

八声甘州·寄友

暮春寒、雨后独登楼，怅然望云州。忆金戈挥斥，摩天绵亘，管堡风遒。汲汲仁风动处，缕解草民忧。经岁勤财货，无负荒丘。

乍起蓝关横马，纵左迁不愠，青史犹悠。恨长缨无着，燕羽失沙洲。任谁评，痴心如昨，又怎堪，羁旅寄归舟。凭阑处，揾英雄泪，有酒谁俦？

注：

1. 云州：指今大同市一带。

2. 摩天：摩天岭长城。

3. 管堡：管家堡国家沙漠公园。

4. 仁风：仁德之风。后世常用此美称地方长官。

5. 财货：指地方经济。

6. 荒丘及沙洲：大同西部左云右玉两县区均属于毛乌素沙漠东缘。

7. 蓝关横马：出自韩愈《左迁至蓝关示侄孙湘》"一封朝奏九重天，夕贬潮阳路八千"。

8.左迁：贬官。

9.揾英雄泪：出自辛弃疾《水龙吟·登建康赏心亭》。

10.有酒：本诗所寄意的朋友，曾作四言古风《有酒有酒》，其中有"朝出敝庐，暮饮沙洲"之句。

菩萨蛮·题友人画作

　　冰颜粉饰冠珠翠，蛾眉淡扫支颐睡。几许梦和愁，一荷青袂幽。

　　寄情何所有，最赖丹青手。邂逅只匆匆，鸿书已杳蒙。

忆少年·母亲逝世三周年

三蓬离散，三魂欲坠，三年肠断。云门锁孤墓，暮飔飞流霰。

一瓣香红尘了愿。诉幽思，逝川犹叹。欢颜再难觅，盼梦中相见。

相见欢·友人新居

庭园宛转幽深，步芳林。路尽高阁层叠，仰千寻。

启朱户，惊佳寓，叹愔愔。半世流离飘泊，始归心。

满江红·辛丑岁末抒怀

赋尽沧桑，空消得，闲观远岫。风乍起，乱云遮蔽，仲春寒骤。雨雪纷飞云路险，柳榆新发胚芽瘦。忽回头，洒泪别行舟，春池皱。

苍茫路，归户牖。云壑意，君知否。惜平戎良策，树肥之朽。尘梦依稀秋点阵，青郊芳菲新尝韭。待翌年，把盏诵辛词，宽沽酒。

注：

1. 惜平戎良策，树肥之朽：出自辛弃疾《鹧鸪天·有容慨然谈功名因追少年时事戏作》"却将万字平戎策，换得东家种树书"。

2. 秋点阵：化用辛词"沙场秋点兵"。

3. 宽沽酒：出自明代石沆《杂兴》"遣情亦要宽沽酒，醒睡还须窄煮茶"。

点绛唇·暴雨倾盆

暴雨倾盆，罡风泼洒周天黯。危楼电闪，一刹惊胸胆。

呼啸徐平，精舍盈盈渐。凭雕槛，瞬时欢酽，谁忆张皇念？

虞美人·思归

花开有信人无信，怅惘春风近。庭前辗转欲言休，直把柳枝攀折、醉凝眸。

堂前燕子飞来去，新砌泥巢著。启轩凭眺雨蒙蒙，昨夜烟波一棹、梦相逢。

虞美人·为熊教授画作

朱颜墨发天生姣，写意丹青照。娴容沉静淡梳妆，不掩大家闺秀，俏眉扬。

而今日下悬壶立，修得华佗术。一腔心血效斯民，榜眼科名嘉许，更知津。

注：

1. 丹青照：熊教授为孙女画像。

2. 日下：指北京。熊教授的孙女在北京生活。

3. 悬壶：古人称医生之职为"悬壶济世"。熊教授的孙女是协和医院的医生。

4. 榜眼：古代科举三甲中第二名获得者。熊教授的孙女刚刚在全国麻醉师竞赛中获得第二名，故有此说。

虞美人·并州怀古

闲来沽酒西羊市，石径流连寄。寻常巷陌几风霜。人道傅山曾授、八珍汤。

而今四顾楼台矗，深闾民居宿。晚来天冷客来稀，一部霜红龛集、漫诗思。

注：

1. 西羊市：太原老城地名，据说傅山曾在这里居住。

2. 傅山：明末清初著名文学家、思想家、书法家，精通医术，曾为母亲调制营养食品"八珍汤"，俗称"头脑"。

3. 霜红龛集：傅山文集。

旧体诗词集

临江仙·无题

　　昨夜依稀残梦，多吟愁恨诗章，平明归雁过晋阳，
柳烟遮望眼，河畔晓风凉。

　　心念故乡弥久，临窗新燕双双。迢遥心事竟凄怆。
青笺何所寄，天地两茫茫。

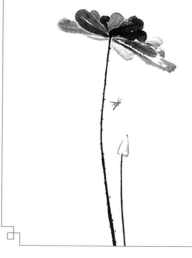

菩萨蛮·假日闭户读书，隔窗所见

春睡午后明光澹，疏杨菀柳参差掩。鸟语间相闻，室中拂素尘。

假期多谢客，一卷晨昏逸。远目隔重楼，空山思更幽。

蝶恋花·疫情防控，小区封闭式管理，无事，临窗所见

疾疫经年城野患，花发长门，兀自参差绽。黄柳静园空拂遍，庭前寂寂红尘断。

病酒三旬闲绪慢。书卷床头，懒看离宫怨。西岭雁归天向晚，依稀冷月汾河岸。

注：

1. 病酒：戒酒。
2. 离宫怨：泛指文学书籍。

破阵子·寄远

夜半胡笳渐紧，平明肠断鸿声。烟柳隔江寒薄雾，风雨渔阳黯短亭，望中云岭横。

最忆少时诗梦，知君几度峥嵘。四十年来寻剑客，揩手人潮各自行，何时祝羽觞?

注：

　　1. 祝羽觞：喝酒。

采桑子·游晋阳湖遇雨

新停骤雨游人寂，柳岸蒙蒙，新燕匆匆，一带波涛晋水东。

湖光远目风云接，疆起唐封，波荡蛟龙，幻入西山夕照红。

浪淘沙令·晨起远望

　　槛外正春酣，疏淡江岚。高楼极目旷清瞻。无限客情何处寄，一带云纤。

　　往事莫深耽。水北山南，少年心事岂消淹。放眼关河唯浩淼，潮起风帆。

注：

　　1. 水北山南：古人云，水北山南为阳。

　　2. 关河：函谷关和黄河。

贺新郎·读《苏东坡新传》有感

宦海沉浮旅。掩朱门、蹒跚向晚，乱霞烟渚。新柳依依归途远，今夜清霜洒路。无绪唤，红巾倩舞。万里烟云萧瑟雨，梦风华，赋得相思语。才出口，恁般苦。

如今识尽闲愁否？罢熏心、枯荣几回，一丘孤树。帘卷兰舟江湖逝，黉夜不知何处。忆往昔，峥嵘谁著？鼓角呜咽侵白露，叹芳零，片纸难偿付。浊酒足，莫愁予。

水调歌头·并州中秋

　　无词已良久，转眼又中秋。年来身世飘零，今夕几多愁。休上楼头眺远，苍翠东峰一脉，青黛旧时俦。杖竹履山径，惊起几寒鸥。

　　暮云逝，角楼黯，皓华幽。酒酣清宴，遥忆边塞朔风遒。座上垂垂老也，一念无非桂魄，千载幻蜉蝣。但得心如洗，明月照吴钩。

满江红 · 忆旧

乍醒初更，谁能料，遇君大作。谈笑处，异乡情状，莫城烟火。驿路无痕寻画史，客邦多难观因果。十年久，来往独匆匆，寒霜裹。

曾记否，堂下坐。酙浊酒，吟相和。几番说惆怅，月华婆娑。消得人间淹冷暖，徘徊期向南山卧。终未平，静夜不眠时，东风破。

注：

1. 莫城：莫斯科。
2. 寻画史：友人一直在莫斯科搜寻苏俄旧版画。

一剪梅·读《王阳明大传》有感

寂寂琅琊圣哲寥。诸葛重生，万古云霄。知行合一致良知，悟道龙场，电闪黔苗。

浊浪鄱阳捕叛濠。智足干城，困失家牢。光明吾学复何劳。三立昭昭，一念萧萧。

注：

1.琅琊：王阳明家族原是琅琊王氏，迁居浙江余姚。

2.诸葛重生，万古云霄：出自杜甫《咏怀古迹五首·其五》"诸葛大名垂宇宙。宗臣遗像肃清高。三分割据纡筹策，万古云霄一羽毛"。此处以诸葛亮寓王阳明。

3.知行合一，致良知：皆是王阳明"心学"的基本观念。

4.悟道龙场，电闪黔苗：王阳明龙场悟道，事在贵州苗族聚居地区。

5.捕叛濠：指王阳明率军平定冥王朱宸濠叛乱之事。

6.困失家牢：王阳明立功以后，朝廷非但未予奖励，反而百般刁难，差点将其打入大牢。幸得王阳明急流勇退，逃过一劫。

7. 光明吾学复何劳：化用王阳明心学要诀——吾心光明，夫复何求？

8. 三立：谓立德、立功、立言，是古代圣人的标准，出自《左传·襄公二十四年》"太上有立德，其次有立功，其次有立言"。

临江仙·小雪花的自白（应制）

朔气初来，雪花初降。设想吾是一朵雪花，希望自己质本洁来还洁去，强于污淖陷渠沟。可是偏偏落在卖火柴的小女孩的火柴上，熄灭了她最后一根火柴。

我本青娥仙女，天人飞渡传音。曾经情恨碧霄森。幻身冰冷雪，轻絮落千寻。

忽触夜阑微火，周身刹那歆歆。慰情无奈涸泉喑。人间何足恋，天上更催心。

水龙吟 · 2023 年元旦随感

夜深斗室幽幽，闲观书卷安如昨。年关多事，日如无日，文津一阁。披揽随心，古今千册，望中斑驳。叹无常风物，纷纷扰扰，眼中刺，孤云鋈。

走马江南河朔，意从容，闲云野鹤。江湖别去，故人无恙，千年伊洛。故地神游，一腔热血，几番先觉。待从头，借得胡天晓月，遍传金柝。

临江仙·冬至

临窗冬寒初阳薄，晴空几抹闲云。病中无绪踏霜尘。迩来风骤，瘟瘴已氤氲。

晓梦母慈归故里，枯行不觉霑巾。迟迟道阻失昏晨，暮林深处，山涧隔孤村。

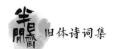

点绛唇·在党校学习，逢秋分节有感

今又秋分，清氛凝露秋曦粲。幽微华苑，四顾皆芳甸。

八面来仪，国子欣相伴。舟河汉，江湖辞远，寄意归蒙馆。

注：

1. 幽微：幽深微妙，寓意在党校学习的知识精深。

2. 八面来仪：同学们来自四面八方。

3. 国子：国子监的太学生，此处指党校学员。

4. 舟河汉：舟指渡，河汉指黄河和汉水，寓伟大事业。

5. 江湖辞远：指脱产学习。

6. 蒙馆：古代指小学，此处指党校。

浪淘沙令·读唐李华《吊古战场》偶感

胡马啸秋风，荒野途穷。云门北望意忧忡。雁字钩连无数怨，满目枯蓬。

最忆别时容，行旅匆匆。漫天鼙鼓乱离宫。铜甲铁戈遮不住，梦断居庸。

满江红·壬寅岁末感怀

岁暮诗思，新丹墨，吟笺一册。披阅处，几回风雪，漫洇青帛。抚剑凌烟心已老，入云清梦身如客。忆年少、呼啸过连营，飞鸣镝。

河山远，寒陌寂。多少事，纷纭忆。喜新知无碍，旧文成策。谁借黄州遒劲笔，浓描瀚海苍茫色。谈笑间，把酒白云边，任萧瑟。

鹧鸪天·壬寅感怀二章

之一

日暮轻寒斗室暝，烟花如梦锁龙城。年来风雨寻常事，歌罢秋声别晚亭。

蒙山畔，水流东，几回寻梦太匆匆。今宵把盏茶当酒，欣看并州焰火红。

之二

岁暮纷纭疫瘴汹。寒来暑往惜途穷。雪遮林黯芳丛隐，风掠街宽柳色蒙。

昔时宴，醉觞觥。谁曾清泪洒伶仃。而今又是新桃启，且唤东风相伴行。

桂枝香·元旦日驱车郊野所感

　　星移室宿。恰故里瘴弥，哀怨声笃。独驾郊村野路，盛寒风肃。初阳薄雾林深处，近村居，垒石垣屋。岭高云黯，烟岚锁黛，寂寥幽谷。

　　且驻步，心潮悲蹙。问愁绪何当，三载惊倏。零落江湖，几度梦中惊鹿。孟冬未睹寒梅俏，早春犹耽乱红逐。引车归去，行行向晚，月弦盈目。

临江仙·除夕之夜有感

　　除夕之夜，在地处晋中的山西广电528台与确保安全播出的一线职工共度新春佳节。此刻，夜深人静，春晚盛宴正在播出，我们的安播保障工作也在紧张进行。大家坚守岗位，勤勉尽责，不禁想起那句话：哪有什么岁月静好，只不过是有人负重前行罢了。值此新春佳节之际，特向全省广电系统坚守一线的干部职工致以节日的问候！528台的站长叫康顺平，此刻也坚守在工作岗位上，就借他的名字问候大家吧，祝大家健康、顺利、平安！

　　远路依依东向，巍巍高塔郊迎。烟云暮色幻晴明。岁朝佳节近，人迹罕踪行。

　　今夜保安军令，同仁值守玑衡。遍经三晋百千陉。千家欢乐夜，巅岭长明灯。

注：

　　1.高塔：广电发射塔。

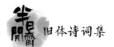

2. 岁朝：大年初一。

3. 保安：保障安全。除夕之夜和大年初一都是重要保障期。

4. 玑衡：璇玑玉衡的简称，古代观测天体的仪器，此处借指广电安全播出的各种仪器。

5. 历经三晋百千陉：山西省广播电视局的高山台站遍布全省，都在崇山峻岭之上。

6. 长明灯：山顶的塔架之上，皆有长明灯，昼夜闪烁，以提示飞行器。

诉衷情·闲思

煮茶未熄小泥炉，唤儿温香茶。闲来几番恍梦，倚几倦翻书。

征战急，马嘶吁，健儿呼。残梦惊悸，鞍鞯骏骥，再战休屠。

注：

1. 鞍鞯骏骥：古代骏马。

2. 休屠：匈奴部落之一，此处借指重要体育比赛。

临江仙·夜醒从心而作

北地萧萧风劲，南江烟柳舟行。庐州新雨惜青青。我来偿旧梦，悲喜几枯荣。

长夜独眠灯黯，鸿书难寄深更。为君消得半宵萦。春来知客意，思量到天明。

鹊桥仙·贺邱正、向群爱子同展、爱媳力源大婚

蜀山青鸟，汾州珠泪，连理晋阳商栈。鹊桥从此接情缘，更胜过、神仙侣伴。

蓁蓁翠叶，参差莲藕，今日瑟琴华宴。天公着意久长时，但白首、宜其家院。

注：

1. 蜀山：邱同展是四川人。

2. 青鸟：出自李商隐诗句"青鸟殷勤为探看"，意指寻找伴侣。

3. 汾州：新娘力源家乡为霍州，属于汾州地界。

4. 珠泪：出自李商隐诗句"沧海月明珠有泪"，指爱情真挚。

5. 晋阳商栈：两人相知相爱于太原市的一个公司。

6. 蓁蓁翠叶：化用《诗经·国风·周南·桃夭》之"桃之夭夭，其叶蓁蓁"，形容女孩子出嫁时草木繁盛。

7. 参差莲藕：古代莲藕象征爱情。

8. 宜其家院：出自《诗经·国风·周南·桃夭》中"宜其家室"，意为女孩子嫁来后，会让整个家庭更加幸福。

虞美人·安泽纪行

安村杳杳鸡鸣远，泽醴垂杨岸。春来太岳泼丹青。遥看沁川欢笑、更相迎。

徽音诵读乡村振，林下吟无尽。武城缘此寄弦情。莞尔荀卿乡党、作金声。

1. 安村：安吉村。

2. 泽醴：泽泉。相传安泽县名之来历，就是安吉泽泉之简称。

3. 沁川：沁河。

4. 徽音：美音，此处指朗诵之声。

5. 武城：出自《论语·阳货》"子之武城，闻弦歌之声，夫子莞尔而笑，曰：割鸡焉用牛刀"。此处以武城喻安泽。

6. 弦情：弦歌之情，典出同上。

7. 莞尔：典出同上。

8. 荀卿：指荀子。安泽是荀子的故乡。

木兰花令·和纳兰词《人生若只初相见》

　　孤身向月湖心见，对影仿佛曾画扇。依依岸柳本无心，岂料贞姿终不变。

　　遥思故国飘零半，着意鸿书多构怨。劝君惜取旧时光，冷雨寒秋非夙愿。

临江仙·浣花诗社成立十周年有感

雩舞风乎伊始，兰亭雅集流芳。而今嘉会胜桃棠。浣花经十载，风雨谱云章。

吟诵冠军功业，歌书征战沧浪。几番笺草溢诗囊。榕城重聚首，春意寄流觞。

注：

1.雩舞风乎：到舞雩台上吹风，出自《论语》。

2.兰亭雅集：指王羲之在《兰亭序》中所记述的雅集。

3.桃棠：指《红楼梦》描写的"桃花诗社"和"海棠诗社"。

4.笺草溢诗囊：李贺行吟，每有佳句，便投入随身携带的诗囊。此处形容浣花诗社的诗友创作热情高，佳作不断。

5.榕城：福州。

踏莎行·再吟浣花诗社成立十周年

　　浣水幽深，花舟一叶。春来不觉流光忽。十年载起意重重，如椽笔底鹃啼血。

　　杏雨迷蒙，风骚不辍。天涯觅得轩中月。烟云阵雁共闲情，乡愁更寄关山阔。

诉衷情令·贺赵帅郑姝音大婚

葱茏仲夏万般新，音帅结天伦。梦回吹角联营，欣伴意中人。

双夺冠，共长巾，越红尘。此生同往，无悔风华，无悔青春。

注：

1.赵帅、郑姝音：两人皆为中国跆拳道奥运会冠军，近日结为夫妇。

青玉案 · 咏离石

萧萧汉赵烽烟幻。凤岭上、天贞观。俯瞰州城惟绿苑。北川东水，汇流烟岸，遥望蘅皋甸。

此行且发民生愿。广电情关振兴传。试看城乡新静晏。壮歌如诉，满城箫管，风雨天涯远。

注：

1. 汉赵：刘渊建立汉赵，初定都于这一带。

2. 凤岭：指凤山，离石名山。天贞观建于其上。

3. 北川东水：指北川河和东川河，皆汾河支流，汇于离石。

4. 蘅皋：指生长香草的水边高地，此处即指离石。

青玉案·咏临县

　　轻车一路临泉望。但目送、山川旷。吟诵乡村歌志尚。意犹无尽，曲高和广，听取徽音朗。

　　怒潮碛口期息壤。义寺清音佑闾巷。枣树丘原掀赤浪。吕梁嘉种，蔺州原馐，千载传无恙。

　　1.临泉：临县古名。

　　2.碛口：临县著名景点。

　　3.义寺：义居寺简称。

　　4.蔺州：临县古代一度属蔺州。

青玉案·夜宿方山有感

　　皋狼邑隐方山畔。暮色里、樵歌晚。北武当山天横断。七沟如列，一泉清浅，墟野云舒卷。

　　望中古堡连绵巇。一带烟云绕修坂。倥偬枯荣抬望眼，北溟乡里，月明星暗，高邈窥河汉。

 注：

　　1. 皋狼邑：方山古称。

　　2. 北武当山：方山名山。

　　3. 七沟：方山地貌，有七条沟排列地表，遍及全境。

　　4. 一泉清浅：指庞泉沟。

　　5. 北溟：指方山籍一代廉吏于成龙，字北溟。

　　6. 月明星暗，高邈窥河汉：形容于成龙正直清廉的高尚品格。

跋

　　我自幼喜欢古诗词，初中三年，高中两年，早读时间，全都背了诗。虽然诗词水平见长，然英文成绩却乏善可陈，考大学也受到影响。当时，我觉得很不划算，但现在看来，可能得大于失。

　　40岁以前，我读旧体诗词多，然而写的却是现代诗。人到中年，审美情趣渐转古典，受一位师长的激励，我也开始撰写旧体诗词。很长一段时间里，我既不通古韵，亦不习平仄，说是旧体诗词，其实只是形似而已。但敝帚自珍，那时创作的五六十首诗词，蒙出版社错爱，出了一个集子，名为《半日闲斋古体诗存》。这本书不仅有音律不通的问题，连书名中"古体诗"的说法，也极不规范。但作为一段人生时光的记忆，这本书对我还是很有价值的。当时，我十分崇拜的作家唐晋，专门为我写了序文。其精彩与深情，读者诸君应该已经看到并且击节赞赏。我将它继续作为这本升级版的序文，也是爱不舍手的缘故。

前年，我在网上重逢一位古诗词高手，也就是我多次步她词韵的朱八八老师，特意拜她为师，才逐步地克服了不通音律的毛病，写出了算是词法中规中矩的作品。此后，我的作品，多经她帮忙审读和提出宝贵意见，甚至有些词句，都是朱老师亲自润色的。对此，我必须表示诚挚感谢。当时正值疫情，小区封闭，我每日枯坐斗室，苦心觅词，打发了不少时光，习作因之也多到数以百计。今年，仍是出于敝帚自珍的心理，想把这些作品合成一册。为了矫正过去的不足，我又花了些时间，将《半日闲斋古体诗存》中的诗词也一一作了修改，使之尽量合乎音律。少数实在不好改的，就弃而不留了。这样，新旧结合，亦笔亦削，就有了《半日闲斋旧体诗词集》。

　　如果生活是水，诗词就是茶叶。慢慢冲泡，生命自然芬芳起来。茶水仍然是水，却已完全不同——有了色泽、芳香和质感。在我看来，这正是海德格尔所谓"诗意地栖居"。以这样的方式活着，记录与这个世界的每一次情感触碰，记录我所关情的风花雪月，记录每一个清晨和黄昏、每一条道路、每一个微笑、每一缕惆怅。一切都那么美好，让人不禁感慨万分。

半日闲斋 旧体诗词集

　　感谢田麦久教授的精彩序文。田先生作为中国体育科研泰斗级的人物、曾经的副部级干部，一直是我高山仰止的偶像。结识以后居然得知，田先生还是诗词高手，不仅创作了大量讴歌中国体育成就、奥运冠军风采和体育文化发展的诗词，还倡导成立了以此为使命的浣花诗社，带动更多的人繁荣体育诗词创作，成果丰硕。今年，我也有幸加入这个慕名已久的诗歌团体。我的作品能有田先生赐序背书，实在是幸莫大焉。这也坚定了我继续创作的信心。

　　同时，也要感谢张绰庵兄的封面题字。他的字法乎颜体而自有变化，是我十分喜爱的佳书。有绰庵先生的加持，这本书提高了不小的品位。

　　另外，我的好朋友，陈佩秋先生入室弟子、上海宋画大家任珮韵女士拿出她最好的作品，作为本诗词集的插图，令我喜出望外。宋画与宋词，本来同根同源，我们如此携手合作，也必然是天作之合。

赵晓春

癸卯年于半日闲斋

N